헌터 레볼루션

1판 1쇄 찍음 2019년 6월 26일
1판 1쇄 펴냄 2019년 7월 2일

지은이 | 정사부
펴낸이 | 정 필
펴낸곳 | (주)뿔미디어

편집장 | 문정흠
기획 · 편집 | 안진수

출판등록 | 2002년 9월 11일 (제081-1-132호)
주소 | 경기도 부천시 원미구 소향로 17번길(두성프라자) 303호 (우) 14544
전화 | 032)651-6513 / 팩스 032)651-6094
E-mail | bbulmedia@hanmail.net
비북스 | http://www.b-books.co.kr

값 8,000원

ISBN 979-11-315-9850-4 04810
ISBN 979-11-315-9849-8 04810 (세트)

※파본은 구입하신 서점에서 교환하여 드립니다.

BBULMEDIA FANTASY STORY

헌터 레볼루션

정사부 현대 판타지 장편 소설

1

프롤로그

일단의 사람들이 조심스럽게 어두운 터널을 걷고 있었다.

하지만 좁은 터널 안이다 보니 아무리 살금살금 걸어도 발자국 소리가 울려 제법 큰 소음을 자아냈다.

저벅저벅.

"모두 힘드시겠지만, 조금만 더 조심스럽게 걸어주시기 바랍니다."

가장 앞에 선, 리더로 보이는 사내의 말에 다들 고개를 끄덕이며 내딛는 발걸음에 신경을 썼다.

그러나 언제 어디서나 그렇듯 불만을 가진 사람은 있기

마련이었다.

"어휴~ 너무 겁먹은 거 아닙니까? 이러다 할당량도 못 채우면 당신이 책임질 겁니까?"

한 남자의 불만 섞인 항의에 몇몇 일행들도 동조하는 듯한 모습을 보였다.

그도 그럴 것이, 이들은 지금 헌터 협회의 의뢰를 받아서 옛 지하철 노선에 서식하는 몬스터를 처리하는 중이었다.

헌터 협회가 제시한 몬스터를 일정 수량 이상 잡아야만 제대로 된 보상을 받고, 그렇지 못할 경우엔 수익이 대폭 줄어든다.

그러니 조급한 마음이 드는 것도 이해하지 못할 바는 아니지만······.

리더의 인상이 절로 찌푸려졌다.

터널 안에 자리 잡은 몬스터가 비록 최하급에 속한다고 하지만, 위험하지 않은 것은 아니기 때문이었다.

최하급 몬스터는 그들만의 생존 전략이 존재한다.

자신이 약한 축에 속한다는 것을 알기에 절대 홀로 움직이지 않고, 여러 마리가 무리 지어 행동한다.

그런 탓에 최하급 몬스터에게 역으로 당했다는 소식도 심심치 않게 접할 수 있었다.

그걸 남자도 모르지는 않을 텐데······.

"조금만 더 참고 가봅시다. 조만간 몬스터가 나타날 겁니다."

리더는 자신의 권위를 내세우지 않으며 불만을 내비치는 남자를 달랬다.

급조된 헌터 파티다 보니 결속을 유지하려면 어쩔 수 없는 일이었다.

"흥! 20분이나 걸어도 몬스터는 코빼기도 보이지 않는데 어느 세월에? 제길, 이래서 줄을 잘 서야 한다니까!"

리더가 좋은 말로 타이르니 남자는 오히려 기가 살아 더욱 성질을 부렸다.

그러자 리더의 표정도 딱딱하게 굳어졌다.

사실 이 정도 저자세로 나가면 불만이 있더라도 수긍하고 의견에 따라주는 게 관행이었다.

그런데 남자는 작정이라도 한 모양인지, 오히려 따지고 들었다.

리더는 터져 나오는 한숨을 속으로 삼켰다.

아무리 헌터 협회의 의뢰를 받아 임시로 뭉친 파티라지만, 항명은 절대 있을 수 없는 일이었다.

리더는 파티원 간의 단합은 바라지도 않으니, 최소한 자신의 지시만이라도 제대로 따라줬으면 좋겠다고 생각했다.

몬스터 사냥 중에 어떤 일이 벌어질지 모르는데, 벌써부터 자신의 지시를 따르지 않는다는 건 자멸하겠다는 말과 같았다.

실제로 몬스터를 발견하지 못해 불만이 쌓인 건 그 남자만이 아니지만, 굳이 입 밖으로 꺼내며 투덜거리는 건 오직 그뿐이었다.

"그렇게 불만이면 혼자 가든가."

재식은 혼잣말을 중얼거리듯 작게 투덜거렸다.

그 말을 들은 듯 얼굴이 시뻘겋게 달아오른 남자가 재식을 돌아봤다.

"뭐? 너 지금 나한테 뭐라고 했냐?"

"아니, 제 말이 틀렸습니까? 아무리 임시 파티라지만, 지킬 건 지켜야지요."

재식은 사내의 위협에도 전혀 기죽지 않고 마주 대거리했다.

"그렇게 불만이면 파티에서 빠지세요. 괜히 소란 피워서 다른 사람들까지 위험에 빠뜨리지 말고요."

괜히 나대지 말고 입 다물라는 재식의 말에 다른 이들도 말없이 고개를 끄덕였다.

대차게 무안을 당한 남자는 제 성에 못 이겨 씩씩거리며 콧바람을 뿜어 댔지만, 더 이상 소란을 피우지 않았다.

분위기상 자신을 편들어주는 사람이 없음을 깨닫고, 더 설치다가는 정말로 파티에서 쫓겨날 수도 있음을 인지했기 때문이다.

이곳이 출입구 인근이라면 몰라도 벌써 20여 분이나 옛 지하철 노선 내부를 따라 걸어 들어온 상태였다.

언제 어디서 몬스터가 튀어나올지 모르는 상황인데, 홀로 남겨지는 건 너무 위험했다.

일대일로 하급 몬스터를 상대할 자신은 있지만, 그렇다 해도 떼로 덤벼드는 최하급 몬스터를 감당할 수 있을 정도 는 아니었다.

"자자, 소란이 커지면 우리 위치가 들킬 수 있으니, 그 정도만 합시다."

어느 정도 사태가 진정되는 것처럼 보이자, 리더가 얼른 끼어들어 중재에 나섰다.

그렇게 작은 소동이 끝나고, 얼마를 더 걸었을까.

앞서 걷던 리더가 살며시 손을 들어 올려 주먹을 쥐었다.

'정지!'

리더의 수신호에 맞춰 제자리에 멈춰 선 헌터들이 사주경 계에 신경을 곤두세웠다.

두드드드—

그 순간, 사람들은 무언가가 자신들을 향해 다가오는 소 리를 들을 수 있었다.

정체를 알 순 없지만, 분명 최하급 몬스터이리라.

리더는 머리 위로 팔을 크게 휘둘러 방어 대형을 만들도 록 지시했다.

그에 맞춰 파티원들은 다른 사람의 행동에 방해가 되지 않을 정도로 넓게 퍼져 대형을 갖췄다.

잠시 후, 재식은 뮤턴트 마우스 십여 마리를 목격할 수 있었다.

이놈들은 대격변 이후 나타난 변종으로, 몸집은 거의 고양이만 했다.

바짝 긴장하던 헌터들은 정체불명의 존재가 최하급 몬스터도 안 되는 돌연변이 쥐라는 걸 깨닫고는 긴장을 풀었다.

"하, 겨우 돌연변이 쥐야?"

말을 꺼낸 건 방금 전까지 불만을 늘어놓던 남자였다.

그는 리더의 지시가 내려지기도 전에 앞으로 달려갔다.

"이봐요! 지금 뭐 하는 겁니까!"

리더는 독단적으로 행동하는 남자의 태도에 더는 참을 수 없어 저도 모르게 소리를 지르고 말았다.

비록 돌연변이 쥐가 몬스터는 아니긴 해도 소탕 대상 중 하나였다.

쥐의 꼬리를 잘라서 가져다주면 헌터 협회는 보상을 해줄 것이다.

그러니 자신의 이익을 우선시한다면 남자의 행동은 충분히 이해가 갔다.

지금처럼 임시 파티가 구성될 경우, 사냥한 몬스터의 부산물은 먼저 숨통을 끊은 이가 가져가는 게 규칙이었다.

뮤턴트 마우스 무리는 앞을 막은 남자를 방해물이라 인식했는지, 그를 둥글게 에워쌌다.

하지만 남자는 전혀 개의치 않는다는 듯 눈앞에 있는 뮤턴트 마우스를 향해 쇠파이프를 내려쳤다.

"하압!"

"위험해요! 어서 돌아와요!"

무턱대고 사냥을 시작한 남자에게 리더가 인상을 찡그리며 소리쳤다.

그러면서 뮤턴트 마우스를 잡으러 뛰쳐나가려는 다른 이들을 다급히 만류했다.

"아직 대형 풀지 말고 대기하세요. 뭔가 조짐이 좋지 않습니다."

그때, 저 멀리서부터 무언가의 발자국 소리가 들려왔다.

다다다다!

그 소리는 점점 커졌고, 얼마 지나지 않아 사람들은 어린아이만 한 검은 형체가 달려오는 걸 볼 수 있었다.

"고블린입니다! 다들 긴장을 풀지 마세요!"

리더는 나타난 몬스터의 정체를 알아차리고는 파티원들에게 경고했다.

"어? 고블린?"

한편, 신이 나서 뮤턴트 마우스를 때려잡던 남자는 갑작스레 나타난 고블린 무리에 한순간 시선을 빼앗겼다.

그러자 눈을 빛낸 뮤턴트 마우스들이 한꺼번에 남자에게 달려들었다.

"어, 뭐, 뭐야? 으악! 살려줘!"

남자는 뮤턴트 마우스들을 떨쳐 내기 위해 필사적으로 버둥거렸다.

하지만 등 뒤로 올라탄 뮤턴트 마우스 한 마리가 두꺼운 앞니를 목 깊숙이 틀어박자 더는 버티지 못하고 바닥에 쓰러지고 말았다.

"킥!"

남자는 뮤턴트 마우스들을 떼어내기 위해 사력을 다해 몸부림쳤지만, 이내 온몸이 물어 뜯겨 목숨을 잃고 말았다.

그사이, 20여 마리의 고블린은 헌터 무리 앞까지 다가와 경계하듯 이를 드러냈다.

키릭!

케르릭!

"모두들 주의하세요! 단독 행동은 절대 금지입니다!"

리더는 파티원들을 다그치며 침착하게 지시를 내렸다.

헌터들은 긴장된 표정으로 저마다 무기를 단단하게 그러쥐었다.

평소라면 고블린은 그리 위험한 몬스터가 아니지만, 지금 상황은 그리 좋지가 못했다.

무엇보다 수적으로 열세인 점이 컸다.

숨 막히는 긴장감이 흐르던 그때, 고블린 중 우두머리로 보이는 한 마리가 헌터들을 손가락질로 가리켰다.

"이런 젠장."

결국 싸움을 피할 수 없겠다고 판단한 리더는 낮게 욕지기를 내뱉었다.

그와 동시에 흉측한 미소를 지은 고블린들이 조잡한 무기들을 들고 헌터들을 향해 다가왔다.

"제가 먼저 공격을 시작할 테니, 다른 분들도 저에게 맞춰서 놈들을 상대해 주세요!"

리더는 주의 깊게 고블린들을 살피다가 한순간 몸을 날려 실드 차지를 시도했다.

쾅!

온몸의 무게를 실어 가한 공격은 가장 앞에 서 있던 고블린을 날려 버리기에 충분했다.

고블린은 마치 트럭에 치인 것처럼 얼굴이 움푹 파이며 바닥을 뒹굴었다.

놈은 그대로 숨이 끊긴 듯 두 번 다시 몸을 일으키지 못했다.

그것이 신호가 되었는지, 대형을 갖추고 대기하던 헌터들도 저마다 무기를 휘두르며 고블린들을 향해 달려들었다.

리더의 실드 차지에 잠시 넋을 놓고 있던 고블린들은 그대가를 톡톡히 치렀다.

하지만 기쁨의 환성을 내지르기에는 아직 일렀다.

수하의 죽음에 광분한 고블린 우두머리가 남은 고블린들을 모조리 끌고 달려든 것이다.

순식간에 난전이 벌어지며 지하철 선로는 아수라장이 되었다.

결국 헌터들이 하나둘 부상을 입으며 전투에서 이탈하자, 리더는 어쩔 수 없이 선택을 내릴 수밖에 없었다.

"일단 뒤로 물러나십시오!"

리더의 신호에 헌터들이 일제히 몸을 뺐다.

하지만 한 번 승기를 잡은 고블린들은 결코 놓아줄 생각이 없다는 듯 악착같이 달라붙었다.

하나씩 부상을 입고 쓰러져 가는 동료들을 보며 헌터들은 불길한 미래가 머릿속을 가득 채웠다.

*   *   *

재식은 뒤도 돌아보지 않고 선로를 내달렸다.

"헉, 헉……."

얼마나 달렸을까.

자신을 쫓아오는 고블린이 없다는 걸 깨달은 재식은 달리던 것을 멈추고 주변을 살펴봤다.

"후우, 후우… 여기가 어디지?"

아무리 둘러봐도 처음 보는 곳이었다.

어디선가 길을 잘못 들었는지, 처음 일행들과 함께 걸어 온 길이 아니었다.

주변의 모든 것이 낯설기 그지없었다.

재식은 위치를 확인하기 위해 왼쪽 팔뚝에 찬 브레슬릿을 조작했다.

띠띠띠!

그러자 이내 브레슬릿 화면 위로 현재 위치가 표시되고, 재식의 입에서 욕설이 튀어나왔다.

"제길, 반대로 왔잖아."

정신없이 달리다 보니 전혀 엉뚱한 곳으로 빠져 버린 것 이었다.

물론, 이쪽으로 가도 출입구가 나올 수는 있을 것이다.

어차피 이곳은 고급 던전이 아닌, 단순한 지하철 선로에 불과하니까.

하지만 재식의 헌터 브레슬릿에는 다른 출구의 위치가 등 록되지 않아 밖으로 나가려면 한참을 헤매야만 한다.

돈을 아낀다는 이유로 최소한의 맵 정보만 다운로드했기 때문이다.

그러니 누구를 탓하겠는가.

남은 방법은 둘 중 하나.

다시 길을 되짚어 돌아가든지, 아니면 이대로 쭉 나아가 새로운 출구를 찾든지.

재식의 고민은 그다지 길지 않았다.

지금까지 온 길을 되돌아가면 고블린들과 마주칠 수밖에 없다.

만약 헌터들이 고블린들을 다 처리했다면 문제없겠지만, 자신이 마지막으로 본 것은 고블린에게 붙잡혀 온몸이 갈가리 찢기는 리더의 모습이었다.

그러니 굳이 고블린과 마주친다는 위험을 자초할 필요는 없었다.

비록 무엇이 나올지 알 수는 없지만, 이대로 나아가는 게 옳은 선택이리라.

무모하다고 생각할 수도 있겠지만, 지금 홀로 떨어진 재식으로서는 선택의 여지가 없었다.

"제길, 제발 아무 일이 없기를……."

결정을 내린 재식은 조심스레 걸음을 옮겼다.

정신없이 뛰어올 때와 달리 혼자 남겨졌다는 생각에 재식은 두려움이 밀려왔다.

또옥, 또옥.

어디선가 물방울 떨어지는 소리가 재식의 귀를 자극했다.

왠지 출구가 멀지 않은 곳에 있을 거란, 전혀 뜬금없는 기대감이 들었다.

하지만 그 순간.

갑자기 주변이 정적에 휩싸였다.

더 이상 물 떨어지는 소리조차 들려오지 않았다.

재식은 온몸에 소름이 돋는 걸 느꼈다.

마치 냉동고에 들어간 것처럼 뒷덜미가 서늘해졌다.

'뭐지?'

걸음을 멈춘 재식은 조심스레 주변을 두리번거리며 살폈다.

하지만 딱히 달라진 점은 보이지 않았다.

불안한 마음을 겨우 달랜 재식은 다시 조심스레 한 발을 옮겼다.

투둑.

미약한 소음.

하지만 재식은 떨리는 마음을 주체할 수가 없었다.

분명 주위엔 아무것도 없는데 등 뒤에서 들려온 소리는 뭐란 말인가.

재식은 질끈 눈을 감고는 불길한 생각을 애써 털어냈다.

한참 동안 마음을 다독인 후 어렵게 눈을 뜬 재식은 조심스럽게 고개를 들어 선로 천장을 올려다보았다.

그리고 그 순간, 커다란 그림자가 재식의 망막을 가득 채웠다.

1. 운수 좋은 날 |

"으악!"

재식은 외마디 비명을 내지르며 잠에서 깨어났다.

"허억, 허억······."

재식은 가쁜 숨을 몰아쉬었다.

꿈인지 생시인지 분간이 가지 않을 정도로 너무나 생생하던 장면.

다시 떠올려 보니 자신을 덮친 검은 그림자의 검붉은 눈동자와 눈이 마주친 것 같았다.

그토록 무서운 눈빛은 난생처음이었다.

"으윽."

어두운 방 안에 홀로 있으려니 재식은 새삼 소름이 끼쳤다.

똑똑.

그때, 갑자기 노크 소리가 들렸다.

"엄마야!"

자라보고 놀란 가슴, 솥뚜껑 보고도 놀란다고 하던가.

바짝 긴장한 상태에서 느닷없이 들려온 노크 소리에 재식은 깜짝 놀랐다.

"재식아, 무슨 일 있니? 괜찮아?"

살짝 열린 문틈으로 어머니가 걱정스런 표정을 지은 채 물으셨다.

아마도 내가 내지른 비명에 깜짝 놀라 달려오신 듯했다.

"아, 엄마. 아무것도⋯ 아니에요."

"정말? 아들 얼굴이 영 아닌데."

"그냥 무서운 꿈을 좀 꿨어요. 주무시는데 깨워서 죄송해요."

재식은 미안하고 부끄러운 마음에 얼른 이불을 뒤집어썼다.

"그래. 잘 자렴."

어머니가 피식 웃으며 문을 닫자, 재식은 번뜩 눈을 떴다.

눈을 감으면 꿈속에서 본 눈동자가 저절로 떠오르는 바람에 도저히 마음을 진정시킬 수가 없었다.

'제길, 도대체 그게 뭐였지?'

정체를 알면 조금이라도 두려움이 가실까 싶어 머리를 굴려봤지만, 아무것도 떠오르지 않았다.

한동안 고민하던 재식은 자리에서 벌떡 일어나 불을 켰다.

방 안을 가득 채운 어둠이 사라지자 한결 마음이 놓였다.

'음, 꿈속의 그건 대체 뭐였을까?'

결국 뜬눈으로 아침을 맞이하게 된 재식이었다.

졸린 눈을 비비며 거실로 나오자 어머니는 아침 준비에 한창이셨다.

"안녕히 주무셨어요."

"응, 일어났니? 새벽에는 대체 왜 그런 거니?"

"그게… 요즘 좀 피곤했나 봐요."

"거봐라. 밥도 제대로 안 먹고 다니니 기가 허해져서 그러잖니."

"어휴, 아니에요. 저 밥 꼬박꼬박 챙겨 먹어요."

근심스레 바라보는 어머니를 안심시키기 위해 재식은 가볍게 미소를 지었다.

김정숙 여사는 그런 재식을 새삼스레 쳐다보았다.

180㎝가 넘는 훤칠한 키에 균형 잡힌 몸매는 누가 보더

라도 부러워할 만했다.

비록 가정 형편이 좋진 않지만, 그래도 남부끄럽지 않게 자식을 키웠다는 생각에 김정숙 여사는 스스로가 대견할 정도였다.

"어휴, 우리 귀여운 아들. 귀신이 그렇게 무서웠어요? 우쭈쭈 해줄까?"

"엄마도 참, 그냥 잠시 가위 좀 눌렸을 뿐이에요. 저 씻고 올게요."

어머니의 농담에 민망해진 재식은 도망치듯 화장실로 향했다.

"그래, 얼른 씻고 나오렴. 너 좋아하는 계란말이 해놨다."

"네."

아침 식사를 마친 재식은 집을 나서기 전, 어머니에게 잔소리하는 걸 잊지 않았다.

"엄마, 약만 드시지 말고, 오늘은 꼭 병원에 가보세요."

며칠 전부터 계속 피곤하고 어지럽다고 말은 하는데, 도통 병원에 가질 않으셨다.

"어휴, 괜찮다니까. 그럴 시간도 없고……."

"엄마 나이를 생각해야죠. 괜히 작은 병 크게 키우지 말고, 오늘은 꼭 병원에 가세요."

"…그래, 알았어. 아들 말대로 할게."

재식은 터져 나오려는 한숨을 꾹 참았다.

말은 저렇게 하시지만, 오늘도 분명 약만 먹고 일하러 나가실 게 빤했다.

재식의 속내를 알아챘는지, 김정숙 여사는 웃는 낯으로 얼른 채근했다.

"어서 가봐. 이러다 버스 놓치겠다."

"엄마, 정말 빈말이 아니에요. 아들이 이렇게 부탁하잖아요."

"어휴, 얘가 오늘따라 왜 이래. 알았으니까 걱정하지 마."

"꼭이에요. 약속하신 거예요."

재식은 다시 한 번 당부를 남기고는 집을 나섰다.

재식은 최대한 분주히 발을 놀렸다.

어머니와 실랑이를 벌인 탓에 시간이 많이 지체되었다.

골목을 벗어나 큰길가로 나오자, 버스 정류장에 사람들이 모여 있는 게 보였다.

재식은 정류장으로 다가가 버스 도착 정보를 확인했다.

다행히 자신이 탈 버스는 두 정거장 전에서 출발한 상태였다.

버스를 기다리며 재식은 오늘 일정을 떠올렸다.

여느 때와 마찬가지로 헌터 협회에 가서 적당한 의뢰를 해결하면 될 것이다.

'아, 오늘은 어머니의 검진 결과도 확인해야지.'

재식은 집을 나올 때 본 어머니의 표정이 새삼 마음에 걸렸다.

10여 년 전, 가족을 지키기 위해 아버지는 몬스터의 앞을 주저 없이 막아서셨다.

하지만 헌터도 아닌 일개 민간인이 흉포한 몬스터를 감당한다는 것은 있을 수 없는 일이었다.

헌터들이 도착할 때까지 버티는 게 고작이었다.

그로 인해 재식과 김정숙 여사는 목숨을 건질 수 있었고… 아버지는 감염으로 인해 전신이 마비되고 말았다.

이후, 어머니는 미친 듯이 일을 하셨다.

몬스터로 인한 피해를 입어도 국가에서는 아무런 보상을 해주지 않았기에 결국 어머니가 그 무거운 짐을 떠안을 수밖에 없었다.

그 기간이 무려 10년이었다.

이른 새벽부터 저녁 늦게까지 온갖 고된 일을 하며 어머니는 예전의 꽃 같은 모습을 잃어버리셨다.

동년배 여성에 비해 오히려 더 나이 들어 보일 정도였다.

그 모습이 안타까워 재식은 이를 악물고 악착같이 노력했다.

화목하던 가정을 한순간에 박살 내버린 몬스터의 존재는 재식에게 있어 결코 용서할 수 없는 대상이었다.

그렇기에 분노의 대상을 제거하면서 돈을 벌 수 있다는 건 재식에게 무척이나 흡족한 일이었다.

초보 헌터 시절엔 벌이가 그리 좋지는 않았지만, 반년이 흐른 지금엔 경험이 쌓인 만큼 수익도 늘었다.

'어머니도 이제 아버지 병간호만 하시면 좋을 텐데……'

재식이 한숨을 푹 내쉬며 고개를 떨어뜨렸다.

이제 고정적인 수입이 생겼으니, 어머니가 일을 그만두고 아버지를 돌보는 데 전념했으면 하는 바람이었다.

어머니가 힘들게 일하는 모습을 지켜보는 건 여간 고역스러운 일이 아닐 수 없었다.

게다가 최근엔 몸 상태가 더욱 나빠지는 게 눈에 보일 정도라 재식의 근심은 깊어만 갔다.

다시 한숨을 내쉬는데, 기다리던 버스가 정류장으로 들어오는 게 보였다.

[다음 내리실 정류장은 관악 협회, 관악 협회 앞입니다. 다음 정류장은……]

스피커에서 안내 방송이 나오며 버스가 정차했다.

우르르.

버스 안에서 사람들이 물밀 듯이 쏟아지자 일단의 무리가 빠르게 접근해 왔다.

"헌터님들, 저희 대여점으로 오세요. 저희 현대 헌터 상점은 월등한 실력을 가진 제작자가 만든 제품만 취급합니다."

"저희 가게는 신상품이 들어왔습니다. 한 번 착용해 보시고 마음에 드는 녀석들로 골라 가십시오!"

그들은 다름 아닌, 헌터 용품점에서 나온 호객꾼이었다.

헌터 협회 주변은 헌터를 상대로 무기와 방어구를 대여하는 장사꾼들이 모여 거대한 상권을 형성하고 있었다.

마치 대격변 이전에 스키장 주변의 스키용품 대여점이 성행하던 것처럼 말이다.

그들이 이렇게까지 번창한 이유는 바로 도검 소지법 때문이다.

장비 없이는 최하급 몬스터도 상대할 수 없는 일반 헌터들에게 무기와 방어구는 필수였다.

하지만 자칫 일반 시민들을 위협하는 사건에 악용될 수 있다는 우려가 불거졌고, 정부는 도검 소지법을 조금 손봐 헌터 장비를 개인적으로 소지하거나 휴대하려면 중급 이상의 자격증을 구비해야 한다는 조항을 삽입했다.

그러다 보니 하급 헌터는 장비를 대여할 수밖에 없고, 확실한 고객이 확보된 상황에서 헌터 장비 대여 사업은 거대한 시장으로 급부상하는 게 당연한 수순이었다.

"저희 상점은 창립 5주년 행사를 진행하고 있습니다. 행사 기념으로 모든 무기와 방어구의 대여비를 10% 할인해 드립니다!"

귀찮다는 듯 빠르게 발걸음을 옮기는 이들과 달리 재식은 우뚝 발걸음을 멈췄다.

그러고 나서 호객꾼을 찾아 주위를 두리번거렸다.

일반 헌터인 재식은 당연히 장비를 대여해서 사용하는데, 그 비용이 10%나 줄어든다는 건 그냥 지나칠 수 없을 만큼 매력적인 제안이었다.

재식도 마음 같아서는 장비를 구입해 돈을 아끼고 싶었지만, 아직은 무리였다.

개인 무기와 방어구를 휴대할 수 있는 중급 헌터 자격증을 취득하려면 초능력을 각성하거나 유전자 시술을 거쳐 일반인 이상의 능력을 가졌다는 걸 증명해야 한다.

하지만 재식은 중급 헌터가 될 그 어떤 조건도 만족시킬 수 없었다.

그때, 한 중년 남성이 호객꾼에게 다가가 질문을 던지는 모습이 눈에 띄었다.

"정말 대여비를 할인해 주는 겁니까?"

"그렇습니다, 고객님. 한 장 받아 가시겠어요?"

재식은 중년 남성이 자리를 떠나자마자 호객꾼에게 달려

가 팸플릿을 요구했다.

"저도 한 장 주세요."

"감사합니다, 고객님. 꼭 저희 에이스 헌터 숍을 방문해 주시기 바랍니다."

멀어지는 재식의 등을 향해 호객꾼이 허리 숙여 인사했다.

하지만 재식은 듣는 둥 마는 둥하며 팸플릿 내용을 확인했다.

과연 호객꾼의 말은 사실이었다.

요란한 효과를 잔뜩 집어넣어 난잡해 보이는 팸플릿에는 '창립 5주년 행사, 파격 세일'이란 문구가 적혀 있었다.

재식은 약도를 확인하며 에이스 헌터 숍을 찾았다.

하지만 곧장 상점 내부로 들어가지 않고, 근처에 서서 드나드는 사람들을 관찰했다.

"야, 같은 가격인데 이렇게 좋은 무기를 쓸 수 있다고?"

"그래, 인마. 내 말 듣고 오길 잘했지?"

마침 장비 대여를 마친 헌터 두 사람이 상점에서 나오는 모습이 보였다.

사실 상점마다 이벤트를 진행하는 건 일상적인 일이었다.

헌터 협회로 가는 길은 장비 대여 상점이 거대 상권을 이루고 있으니, 자연 경쟁이 치열할 수밖에 없었다.

하지만 호객꾼의 말에 혹해서 움직이는 건 초보 헌터들이

나 하는 실수였다.

개중에는 성능이 확인되지 않은 신제품을 테스트하기 위해 대여비를 할인해 주겠다고 나서는 경우도 있고, 오래된 노후 장비를 헐값에 빌려주는 경우도 있기 때문에 각별히 주의해야 한다.

그런 가운데 재식이 노리는 건 신제품 때문에 찬밥 신세가 된 구형 장비였다.

대여비가 저렴한 구형 장비에 할인까지 붙게 되면 상당한 돈을 아낄 수 있었다.

"정말 그러네. 내가 주로 가는 단골 상점은 호구 하나 잡으려고 난리던데……."

"야, 헌터한테 단골이 어디 있냐? 부지런히 질 좋은 장비를 싼 가격에 대여해 주는 곳을 찾아야지. 너, 그렇게 게으르면 돈 모으기 힘들 거다."

상점을 나서서 멀어지는 헌터들의 대화에 재식이 무의식적으로 고개를 끄덕였다.

재식이 헌터가 된 지도 어느새 반년.

단골이라고 할 만한 곳이 있긴 하지만, 꼭 그곳이 좋아서 방문하는 건 아니었다.

게다가 자주 다닌다고 해서 싸게 해주는 것도 아니기에 그때마다 대여 조건이 좋은 상점을 찾아 이용하는 편이었다.

재식은 그 후로도 사람들이 상점을 나서는 걸 가만히 지켜봤다.

다들 크게 만족해하는 모습을 보니, 재식이 우려하던 상황은 아닌 모양이었다.

재식은 이곳에서 장비를 빌려야겠다 마음먹고 상점 안으로 걸어 들어갔다.

신형 장비를 대여할 수는 없겠지만, 원래 사용하던 수준의 장비를 조금 더 싸게 빌릴 수 있으리라.

그게 아니라면 좀 더 좋은 상위 장비를 할인받아 지출 비용을 맞추는 선택도 가능할 것이다.

언제나 돈에 쪼들리는 재식에게 이보다 좋은 조건은 찾아보기 힘들었다.

아마 대여비 10% 할인이 아니었다면 평소 다니던 상점을 찾았을 것이다.

"어서 오세요~"

대여점 안으로 들어서자, 짧고 타이트한 복장의 여성 직원들이 재식을 반겼다.

하지만 재식은 전혀 관심을 주지 않고 카트 한 대를 끌더니, 헌터 장비들이 진열된 곳으로 곧장 향했다.

처음 대여점에 왔을 때는 어디에 눈을 두어야 할지 몰라 민망해했지만, 이제는 나름 익숙해졌기에 자연스레 무시하고 지나쳤다.

진열장 안에는 온갖 헌터 장비들이 진열되어 있는데, 재식은 빠르게 훑어보며 이동했다.

"음……."

그러다 자신이 원하는 방어구가 눈에 띄자, 그 앞에 멈춰 서서 이것저것 따져 봤다.

가슴 전체와 어깨를 보호할 수 있게 제작된 찰갑이었다.

작은 철판 조각을 가죽끈으로 엮어 만든 갑옷.

최하급 몬스터의 공격을 겨우 한두 번 막으면 철판이 떨어져 나가기 때문에 헌터들 사이에서 평이 좋지만은 않았다.

하지만 재식은 그리 나쁘지 않다고 생각했다.

무엇보다 판금으로 제작된 갑옷보다 운신하는 데 큰 불편함이 없다는 게 가장 큰 장점이었다.

빠르게 치고 빠지는 걸 선호하는 재식에게 딱 어울리는 방어구였다.

그러나 재식은 바로 갑옷을 집어 들지 않고 발길을 돌렸다.

예산을 초과하지는 않지만, 조금 더 돌다 보면 같은 가격에 더 좋은 제품을 발견할 수도 있었다.

하지만 방어구 코너를 전부 돌아본 재식은 결국 찜해둔 찰갑 앞으로 다시 돌아올 수밖에 없었다.

'음… 완갑은 챙기고, 수갑은 필요 없어. 요갑은 오히려

거치적거리니까 빼고, 대퇴갑이랑 정강이 보호대는 필요해.'

방어구 한 세트에서도 필요한 부위와 불필요한 부위를 빠짐없이 선별해 카트에 실은 재식은 무기 코너로 향했다.

무기 진열대 앞에 도착한 재식은 조금 전과 마찬가지로 심사숙고했다.

다양한 여러 형태의 무기들이 놓여 있는 만큼, 자신에게 딱 맞는 무기를 골라야 하기 때문이었다.

처음 눈에 띈, 2m에 이르는 그레이트 소드는 재식의 전투 방식에 어울리지 않는 무기였다.

그 옆에 높인 언월도 역시 마찬가지였다.

45㎝ 이하의 단검은 언뜻 보기에 재식에게 안성맞춤으로 보였다.

가벼운 만큼 민첩함을 살리는 데 최적화되어 있기 때문이었다.

하지만, 짧은 손잡이 탓에 힘을 실어 공격하기가 어려웠다.

그보다 더 큰 문제는 몬스터의 공격을 막아야 할 경우가 발생하면, 충격을 버티지 못할 것이 분명했다.

그렇게 피 말리는 전투는 사양하고 싶었다.

결국 마음을 접은 재식은 고개를 저으며 다음 무기로 시선을 옮겼다.

"손님, 어떤 물건을 찾으십니까?"

그때, 단정한 정장 차림의 직원이 가까이 다가왔다.

"아, 그냥 적당한 근접 무기를 찾고 있습니다."

재식은 대충 대답하며 자리를 피하려 했다.

괜히 길게 이야기를 나눠봐야 피곤해질 게 빤하기 때문이었다.

"아, 근접 딜러시군요."

재식이 불편한 기색을 내비쳤음에도 직원은 그의 등 뒤로 따라붙으며 계속 무기를 추천했다.

"이건 어떠하신가요? 일성 팩토리에서 나온 라이트닝 Ⅱ입니다. 창날은 스테인리스고, 창대는 100% 카본입니다. 다른 스피어에 비해 가벼우면서도 강력한 절삭력을 갖춘 제품입니다."

직원이 보여준 것은 2.3미터 길이의 창이었다.

재식이 보기에도 아주 강력하고 위협적인 무기임에는 틀림없었다.

창은 중형 무기에 속하는 만큼 무게가 꽤 나가는 편이다.

아무리 창대를 카본으로 만들어 무게를 줄였다지만, 재식의 전투 방식과 어울리지 않았다.

"죄송하지만, 저랑 맞지 않는 무기네요."

재식은 다시 한 번 거절의 의사를 밝혔지만, 직원은 쉽게 포기할 생각이 없어 보였다.

"아, 그렇다면 이 제품은 어떨까요? 가볍기도 하고, 몬스터를 빠르게 벨 수 있는 일본도입니다."

이번에 직원이 추천한 무기는 도검 계열이었다.

재식은 직원이 자신 있게 내민 일본도를 찬찬히 살펴봤다.

일본도는 베기에 특화된 무기였다.

하지만 걸핏하면 부러지기 일쑤인 일본도는 조금만 경험 있는 헌터라면 기피 1순위였다.

세상에 알려진 것과 달리 일본도는 전투에 적합하지 못한 무기다.

그저 겉멋 들린 얼간이들이나 자랑하듯 차고 다니는 것이 바로 일본도인 것이다.

재식이 고개를 젓자, 직원은 체념한 듯 평범한 롱 소드를 권유했다.

"일본도가 마음에 들지 않는다면, 헌터들이 가장 많이 애용하는 기본 형태의 롱 소드는 어떠십니까?"

평상시라면 재식 역시도 롱 소드 중 하나를 골랐을 테지만, 오늘은 왠지 마음이 가지 않았다.

"저… 죄송한데, 좀 더 돌아보고 제가 결정하는 게 좋을 것 같습니다."

직원을 애서 쫓아낸 재식은 한참 동안 진열장을 돌며 무기를 살폈다.

새벽에 꾼 악몽 때문인지, 평상시와 다르게 자꾸 불길한 예감이 들었다.

왠지 가슴이 두근거리고 등골이 오싹했다.

그래서 평소라면 적당히 장비를 대여해 헌터 협회로 향했겠지만, 오늘만큼은 조금 늦더라도 신중하게 장비를 고르고 싶었다.

그러다 갑자기 눈길을 사로잡는 무기를 발견했다.

그건 여태껏 재식이 본 적 없는 형태의 무기였다.

"저기요."

재식은 조금 머쓱한 표정으로 직원을 불렀다.

방금 전에 자신이 쫓아내 놓고는 다시 부르려니 민망한 마음이 든 탓이었다.

그러나 직원은 전혀 개의치 않는다는 듯 재식의 부름에 빠르게 다가와 방긋 미소 지었다.

"네, 손님. 무엇을 도와드릴까요?"

"이 무기 좀 설명해 주시겠어요? 한 번도 본 적 없는 무기라 궁금하네요."

재식도 반년 동안 헌터 생활을 하며 많은 무기들을 봐왔지만, 눈앞에 있는 것은 처음 보는 형태의 병기였다.

"아, 이건 카타르라고 부르는 무기입니다."

"카타르요?"

재식은 무기의 명칭을 듣더니 바로 반문했다.

"네. 이 무기는 고대 인도의 암살자들이 사용하던 무기입니다."

이렇게 눈에 잘 띄는 무기가 암살자의 무리라니…….

재식은 웃음을 참지 못하고 피식 실소를 터뜨렸다.

하지만 감추기 어렵다는 점을 제외하면 표적을 살상하는 데 최적화된 암살자의 무기임에는 분명했다.

삼각형의 넓은 날에 찔리면 상당히 치명적인 부상을 입을 테고, 양옆으로 갈라진 다른 날은 소드 스토퍼처럼 사용할 수 있었다.

게다가 날과 날 사이에 상대의 무기를 끼워 비틀면 소드 브레이커로도 활용할 수 있었다.

재식은 다목적으로 사용할 수 있어 보이는 이 무기가 마음에 들었다.

"한 번 자세히 살펴봐도 되겠습니까?"

"네. 착용해 보셔도 됩니다."

직원이 흔쾌히 허락하자, 재식은 진열대에 놓인 카타르를 조심스럽게 들어 올렸다.

'음, 생각보다 무겁네.'

물론 단검보다 무겁다는 말이지, 사용하기 힘들 정도는 아니었다.

게다가 손잡이를 그러쥐자, 손에 착 달라붙는 느낌이었다.

카타르가 마치 '나는 당신의 것입니다' 라고 주장하는 듯했다.

"이거, 한 번 휘둘러 봐도 되겠습니까?"

재식은 양손에 쥔 카타르를 꼭 한 번 사용해 보고 싶어졌다.

직원은 곤란하다는 듯 쓴웃음을 지었지만, 이내 주변을 빠르게 훑고는 말했다.

"음, 그럼 저쪽을 향해 한 번만 휘둘러 보세요. 다른 손님들이 위험할 수 있으니, 조심해 주시고요."

직원이 가리킨 방향은 사람들이 없는 벽이었다.

재식은 양손에 쥔 카타르를 사용해 봤다.

휙, 휙.

마치 권투 선수가 섀도복싱을 하듯 원투 스트레이트의 리듬에 맞춰 양손을 교대로 내뻗더니, 이번엔 팔을 휘둘러 보았다.

'이거… 검보다 좋은데? 나한테 더 잘 어울리는 느낌이야.'

재식은 이전까지 사용한 무기들과 카타르를 비교해 봤다.

재식은 대개 평범한 롱 소드를 선택하는 경우가 많았는데, 그건 아무런 기술이 없는 재식이 사용하기에도 큰 어려움이 없었기 때문이다.

하지만 항상 뭔가 아쉽다고 느꼈다.

왠지 맞지 않는 옷을 입은 듯 전혀 익숙해질 기미가 없었다.

그런데 지금 들고 있는 카타르는 그렇지 않았다.

생김새는 정말 이상한데, 마치 오랫동안 사용한 것처럼 손에 착 감겼다.

재식은 몇 번 더 카타르를 휘둘러 보더니, 빙그레 미소를 지었다.

"좋네요. 이걸로 할게요."

"아, 그러시겠습니까? 그럼 계산을 도와드리겠습니다."

직원은 환한 표정을 지으며 재식을 카운터로 안내해 주었다.

재식이 카트를 끌고 계산을 기다리는 사람들의 뒤에 가 섰다.

이윽고 차례가 돌아와 계산대 앞에 서는 순간!

빵~ 빠라밤!

퍼펑!

갑자기 팡파르가 울려 퍼지며 재식의 머리 위로 꽃종이가 흩날렸다.

'어? 뭐지?'

갑작스런 상황에 당황한 재식은 주변을 두리번거렸다.

그와 함께 고급스런 정장을 갖춰 입은, 매니저로 보이는 여성이 부랴부랴 달려왔다.

"고객님, 축하드립니다! 저희 에이스 헌터 숍 오픈 5주년 기념행사의 77번째 손님이 되셨습니다."

"네? 그게 무슨 말인가요?"

재식이 영문을 몰라 하며 물었지만, 매니저는 제 할 말만 계속 이어 나가며 뭔가를 불쑥 내밀었다.

"이걸 돌리셔서 안에 담긴 캡슐이 나오면 제게 주시면 됩니다."

"아, 네……."

"그리고 고객님께서는 77번째 손님이시기 때문에 특별히 추첨 기회를 한 번 더 드리도록 하겠습니다."

재식은 이게 뭔가 싶었지만, 어차피 공짜라는 생각에 아무 생각 없이 고개를 끄덕였다.

그러고는 매니저의 손에 들린 추첨기의 손잡이를 돌렸다.

드르르륵—

"자, 이제 버튼을 눌러주세요."

캡슐이 골고루 섞인 후, 재식은 매니저의 지시에 따라 추첨기 옆에 달린 초록색 버튼을 꾹 눌렀다.

덜컹.

그러자 회전통에서 금빛 캡슐 하나가 톡 튀어나왔다.

"헉!"

그 순간, 매니저는 숨을 격하게 들이켰다.

범상치 않은 반응에 재식 역시도 숨을 죽였다.

무엇보다 금색이지 않은가.

자고로 금색은 1등을 상징하는 색이니, 왠지 뭔가 대박을 맞은 건 아닌가 하는 기대가 슬며시 고개를 치켜들었다.

재식이 초롱초롱한 눈빛으로 바라보자, 매니저가 조심스럽게 입을 뗐다.

"…손님, 한 번 더 돌리셔야 합니다."

"네? 아… 바로요?"

"네. 77번째 특전으로 한 번 더 기회를 드린다고 했잖습니까."

재식은 금색 캡슐의 상품이 뭔지 궁금했지만, 어차피 곧 알게 되리란 생각에 다시 한 번 회전통의 손잡이를 잡아 돌렸다.

드르륵—

방금 전과 마찬가지로 캡슐이 적당히 섞인 듯하자 재식은 바로 버튼을 눌렀다.

덜컹.

데구루루.

이번에도 역시 금색 캡슐이었다.

"와아!"

추첨 상자에서 또 한 번 금색 캡슐이 굴러 나오자, 매니저와 행사 도우미들이 일제히 탄성을 질렀다.

'뭐지? 정말 나 대박 난 거야?'

주변에서 사람들의 환호성이 들려오자 재식은 기쁜 마음을 주체할 수가 없었다.

그런 마음을 아는지 모르는지, 매니저가 환한 미소를 지으며 말을 건넸다.

"자, 고객님. 이제 캡슐 안에 담긴 상품을 확인하겠습니다. 아, 그리고 혹시 오해하실까 봐 말씀드리는 것인데, 캡슐은 원래 모두 금빛입니다."

"……."

재식은 순간 뭘 잘못 들었나 싶었다.

다 똑같은 캡슐이라면 조금 전의 놀란 모습과 환호성은 다 뭐란 말인가.

무슨 사람 갖고 장난치는 것도 아니고…….

매니저는 사악한 미소를 한 번 지어 보이고는 대수롭지 않다는 듯이 말했다.

"그럼 이제 진짜로 상품을 확인해 보겠습니다. 먼저 첫 번째 캡슐은……."

순간, 매니저는 큰 충격을 받은 듯 아무 말도 하지 못했다.

"어, 저기… 제가 조금 서둘러야 하는데, 경품만 빨리 주시면 안 될까요?"

재식은 마치 자신을 놀리는 듯한 매니저의 행동에 슬슬 빈정이 상했다.

"…아, 죄송합니다. 고객님께서 2등에 당첨되셨습니다."

"2등요?"

"네, 그렇습니다."

"상품이 뭔데요?"

"고급 포션 세트입니다."

그 말에 재식은 나름 만족스런 기분이 들었다.

아울러 자신을 놀리는 매니저에게 한 방 먹인 것 같기도 했다.

포션이라 부르는 급속 외상 치료제는 그 효과가 뛰어나 헌터에게는 여분의 생명줄이나 마찬가지였다.

그만큼 가격도 비싸 10㎎짜리가 개당 백만 원씩이나 했다.

재식 또한 포션의 필요성은 언제나 느꼈지만, 열악한 가정 형편 때문에 언감생심 구입은 꿈도 꾸지 못했다.

그런데 이렇게 공짜로 포션을 얻게 되다니, 정말 기쁜 일이 아닐 수 없었다.

게다가 다섯 개가 들어 있는 세트니, 앉아서 5백만 원을 번 셈이었다.

"…정말 행운의 신이라도 되시나요? 대~단한 고객님이시군요. 축하드립니다."

왠지 매니저의 심사가 꼬인 듯 말투가 곱지 않게 느껴졌다.

재식은 매니저의 눈을 피하며 슬쩍 고개를 돌렸다.

"저, 다음 캡슐은 개봉 안 하시나요?"

"할 겁니다. 재촉하지 좀 마세요."

매니저는 토라진 듯 쏘아붙이고는 남은 하나의 캡슐을 거칠게 개봉했다.

"……."

"우와!"

매니저의 예쁜 눈동자가 흔들리는 가운데, 주변에 있는 상점 직원들이 믿을 수 없다는 듯 환성을 질러 댔다.

덩달아 재식도 호기심이 솟구쳤다.

"매니저님? 결과를 알려주셔야……."

매니저는 홱 고개를 돌려 재식을 노려보며, 한 자, 한 자 씹어뱉듯 말을 꺼냈다.

"축. 하. 드. 립. 니. 다. 고. 객. 님."

"……?"

"1등입니다."

뿌득.

이제는 숫제 이를 갈아붙이는 매니저의 모습에 재식은 괜히 시선을 딴 데로 돌렸다.

자신이 뭔 죄를 지은 것도 아닌데, 아리따운 아가씨가 표독스런 눈초리로 쏘아보자 시선을 마주할 수가 없었다.

"아하하… 네, 감사합니다."

2. 운수 좋은 날 II

20년 전, 지구에는 대격변이 벌어졌다.

세계 곳곳에 알 수 없는 차원과 연결된 '게이트'가 나타난 것이다.

게이트는 장소를 가리지 않았다.

도심 한가운데에 나타나는가 하면, 깊은 물속이나 높은 하늘 위에도 생겨났다.

문제는 게이트의 발생 유무가 아니었다.

게이트를 통해 쏟아져 나오는 수많은 몬스터들.

인간이 상대하기에 몬스터가 가진 힘은 너무도 강대했다.

단순히 사나운 맹수라 여기며 접근했다가는 목숨을 잃기

십상이었다.

대격변 초창기에는 몬스터를 막기 위해 군대가 동원됐는데, 막강한 화력을 통해 어느 정도 진압이 가능했다.

그러나 모든 몬스터를 토벌하기엔 역부족이었고, 결국 방어선을 뚫고 도망친 몬스터들은 산으로 들로 퍼져 나갔다.

그 와중에 서울 시내의 지하철 내부에 게이트가 생성되었다.

그 게이트를 통해 튀어나온 온갖 몬스터들이 지하철 구석구석을 잠식해 나갔다.

마침 퇴근 시간대의 만원 전철을 습격한 몬스터 떼는 대규모 참상을 일으켰다.

그 즉시, 서울시의 모든 지하철 운행이 정지되었고, 마치 그물망처럼 퍼져 있는 지하철 노선과 역은 모두 폐쇄됐다.

그나마 좁은 지하의 특성상 중대형의 거대 몬스터가 없다는 것이 작은 위안거리라 할 수 있었다.

문제는 지하철 노선 내에 퍼진 모든 몬스터들을 퇴치해도 지하철 운행은 불가능하다는 점이었다.

언제 어디서 게이트가 다시 발생할지 모르기에 고립된 공간이라 할 수 있는 지하철 역사와 터널은 사람들의 기피 장소가 되었다.

정부에서도 몇 차례 토벌을 시도하기는 했으나, 그럼에도 몬스터의 완전 박멸은 어려웠다.

잠시만 시간이 지나면 몬스터들이 지하철 곳곳에 다시 모습을 드러내기 때문이었다.

다행히 지하철 밖으로 튀어나오는 몬스터들은 그리 강하지 않아 손쉽게 처리할 수 있었다.

그래서 정부에서는 몬스터를 토벌하기보다는 헌터 협회에 하청을 줘서 몬스터들이 지상으로 나오지 않게 막았다.

뭐, 헌터 협회에서라도 퇴치에 열을 올렸다면 어느 정도 효과를 거뒀겠지만, 돈이 되지 않는 일상적인 의뢰만으로는 좀체 나서려 하지 않았다.

그 탓에 서울 지하철은 일반 헌터들의 주 사냥터이자, 실전 경험이 부족한 하급 헌터들이 수련장이 되었다.

*   *   *

저벅저벅.

재식은 임시 공대에 속해 폐쇄된 지하철역 안으로 들어섰다.

의뢰 내용은 최하급 몬스터 퇴치.

열두 명으로 구성된 공대는 출입구에서 그다지 깊지 않은 곳을 살피고 있었다.

다들 어느 정도 경험은 있는지, 주변을 두리번거리며 경계하는 이는 없었다.

아직까지는 몬스터가 등장하지 않는 안전 구역이라 괜한 심력 소모를 하지 않는 것이었다.

재식은 옆의 사람과 일정한 간격을 유지하며 걸음을 옮겼다.

평소와 달리 한층 밝아진 얼굴에 손에는 전에 없던 기묘한 무기가 들려 있었다.

"…네? 뭐라고요?"

"1등이라고요!"

신경질적이 된 매니저의 외침에 주변에서 물품을 살피던 헌터들이 하나둘 모여들었다.

"우와! 1등이 나왔대!"

"정말? 저 사람이 그 행운의 주인공인가?"

"어휴, 아쉽다. 조금만 빨리 골랐으면 내가 행운의 주인공이 되었을 텐데."

웅성거림이 커지자, 매니저는 얼른 표정을 수습하고는 재식에게 1등 상품을 설명해 주었다.

"고객님? 음, 그냥 고객님이라 부르면 되겠죠? 고객님께서 받으실 상품은 매장 내의 물품 중 3천만 원 한도 내에서 무엇이든 가져갈 수 있는 교환권입니다."

"네? 정말인가요?"

"단, 딱 하나만 고르실 수 있습니다."

"아… 이것저것 3천만 원을 채우는 건 안 되는 건가요?"

"네, 그렇습니다. 가령 여기 있는 3만 원짜리 손목보호대를 고르셔도 그걸로 끝입니다. 그렇게 해드릴까요?"

"……."

재식은 잠시 어이가 없다는 표정으로 매니저를 바라보았다.

대체 진심인 건지, 장난인 건지 알 수 없는 말이었다.

하지만 저 진지한 눈빛을 보니, 자칫 말실수라도 했다가는 꼴랑 3만 원짜리 손목보호대를 받아 가게 생겼다.

그랬기에 재식은 고민할 것도 없다는 듯이 조금 전에 고른 카타르를 선택했다.

카타르는 그 기묘한 생김새만큼이나 값이 비쌌다.

대게 헌터 장비 대여점의 무기는 아무리 비싸도 2천만 원을 넘지 않는데, 재식이 고른 카타르는 무려 2천5백만 원이었다.

재식은 잘 납득이 되지 않아 카타르가 비싼 이유를 물었다.

그러자 매니저는 카타르와 같이 특별한 형태를 띤 무기는 대부분이 주문 제작을 하기 때문이라고 말해주었다.

재식은 그렇게 비싸게 주문 제작한 무기가 어떤 이유로 이곳에서 대여품 신세가 되어버렸는지 의문이었으나 굳이 묻지는 않았다.

어차피 좋은 주인을 만났으니, 그걸로 된 것 아니겠는가.

사실 재식이 추첨에 당첨되지 않았다면 카타르의 대여료

로 250만 원을 지불해야 했을 것이다.

보통 대여료의 경우, 판매가의 10%가 잠정적으로 정해져 있기 때문이었다.

하지만 헌터가 된 이후, 처음으로 마음에 딱 드는 무기를 찾은 듯해 두말하지 않고 무기 교환권으로 카타르를 손에 넣었다.

"정말 감사합니다. 오늘 이 가게에 온 게 정말 최고의 행운이네요."

"호호, 그러게 말이에요. 바쁘시다더니, 안 가세요?"

"…아직 방어구 대여료를 계산 안 했는데요? 아, 맞다. 아까 고급 포션 세트도 당첨됐잖아요."

"…쳇."

왠지 아쉽다는 표정을 짓는 매니저의 모습에 재식은 도무지 갈피를 잡을 수가 없었다.

도대체 이 가게는 손님을 어떻게 생각하는 것인지…….

다만, 토라진 표정조차 귀엽게 느껴지는 매니저의 모습에 재식은 애써 하려던 말을 삼켰다.

방어구 대여비를 제하더라도 오늘 하루 2,880만 원을 절약했으니, 그 정도 투정쯤은 충분히 받아들일 수 있었다.

재식이 대여점에서의 기억을 떠올리며 흐뭇해하고 있을 때, 공대의 리더인 김재환이 공대원들을 둘러보며 주의를 주었다.

"자, 지금부터는 안전지대에서 벗어나게 되니까, 다들 주의해 주시기 바랍니다."

5년 차 베테랑 헌터인 재환은 뛰어난 실력을 가진 인물이었다.

비록 아직은 29레벨에 머물러 있지만, 곧 30레벨이 되면 바로 심사를 거쳐 중급 헌터가 될 거라는 이야기가 파다했다.

유전자 시술 없이 30레벨이 되어 중급 헌터가 된다는 것은 무척이나 지난한 일인데, 그 역사의 산증인이 바로 재환인 것이다.

자연 공대원들의 신망이 두터울 수밖에 없었다.

어쨌든 재환이 주의를 주자, 공대원들은 던전 초입에서 보이던 김빠진 모습은 온데간데없이 눈을 번쩍 뜨고 주변을 살폈다.

또옥, 또옥.

숨 막히는 적막 속에서 한동안 물방울 떨어지는 소리만이 주위를 가득 채웠다.

팽팽한 긴장감으로 조심스레 나아가던 그때, 재환이 우뚝 걸음을 멈췄다.

그러고는 정지를 알리듯 조용히 왼손을 들어 올려 주먹을 움켜쥐었다.

역시나 재환의 짐작대로 터널 반대쪽에서 뭔가가 접근하는 발자국 소리가 들려왔다.

재환은 들어 올린 왼팔의 주먹을 펴고 아래로 까딱거렸다. 그러자 공대원들은 저마다 자세를 낮추며 주변을 경계했다.

저벅저벅.

찰방찰방.

발자국 소리는 점점 가까워지며 소리를 키워갔다.

전혀 조심성 없는 태도로 미루어 보아 다른 공대는 아니라는 걸 쉽게 알아차릴 수 있었다.

잠시 후, 저 멀리서 횃불의 불빛과 함께 너울너울 늘어지는 그림자가 모습을 드러냈다.

대충 그림자의 모습만 살펴봐도 인간은 아니었다.

이윽고 모습을 드러낸 그것은… 작은 키에 흉측한 외모를 가진 고블린이었다.

헌터들은 저도 모르게 마른침을 꼴깍 삼켰다.

재환은 조용히 뒷걸음질 쳐 물러나며 공대를 후퇴시켰다.

그런 후, 속삭이며 작전 지시를 내렸다.

"아직 놈들은 우리를 발견하지 못했습니다. 그러니 저희는 미리 자리를 잡고 한꺼번에 덮치면 손쉽게 처리할 수 있을 겁니다."

모두가 묵묵히 고개를 끄덕이자, 재환은 활을 사용하는 헌터 한 명만을 남긴 채 공대원들을 통로 양쪽의 벽에 바짝 붙어 서도록 했다.

그런 후, 세 명씩 짝을 지어주며 꼼꼼하게 세부 지시를 내렸다.

순식간에 리더로서의 역할을 다한 재환은 남은 한 명의 헌터를 데리고 궁수 헌터에게 다가갔다.

어느덧 고블린들도 한층 더 가까이 다가온 상황.

재환이 툭, 어깨를 건드려 신호를 주자, 궁수 헌터는 망설임 없이 활을 날렸다.

꾸에엑!

이내 고블린의 비명 소리가 울렸다.

갑작스런 동료의 죽음에 고블린 무리가 일순 혼란에 빠졌다.

그 틈을 놓치지 않고 궁수 헌터는 제2, 제3의 화살을 연달아 날렸다.

몇 마리가 더 쓰러지고 나서야 고블린들은 재환의 공대를 파악한 듯했다.

타다다닥!

고블린 놈들은 전술이랄 것도 없이 난잡하게 달려왔다.

재환은 궁수 헌터를 뒤로 물러나게 한 뒤 공대원들에게 주의를 주었다.

"이제 곧 옵니다. 다들 맡은바 역할에 최선을 다해주세요."

재식은 재환의 말을 들으며 쿵쾅대는 심장을 애써 진정시켰다.

이미 모든 준비는 다 끝났고, 고블린 놈들을 유인하는 것도 성공했다.

이제 남은 건 놈들을 함정에 빠트려 숨통만 끊으면 된다.

공대원들이 각자 호흡을 고르며 각오를 다질 때, 이윽고 광분한 고블린들이 소리를 꽥꽥 질러 대며 10미터 앞까지 도달했다.

동료들을 지나쳐 뒤로 더 물러난 궁수 헌터는 갑자기 등을 돌리더니, 두 발의 화살을 날렸다.

핑!

쐐액~

화살이 공기를 가르며 선두에 있던 고블린 두 마리의 정수리를 꿰뚫었다.

키약!

그러자 더욱 흥분한 고블린들은 주위에 숨은 헌터들을 전혀 인식하지 못한 채 궁수 헌터를 향해 질주했다.

"지금이야!"

바로 그때, 재환의 신호에 맞춰 그물이 고블린들을 향해 펼쳐졌다.

끼에에엑!

고블린들은 물고기마냥 퍼덕거리며 괴성을 질러 댔지만, 몸부림을 치면 칠수록 그물은 더욱 엉키며 놈들을 옥죄었다.

앞서 달리던 고블린들은 동료들이 그물에 걸려 버둥대자 그제야 함정에 빠졌다는 걸 깨달은 듯 걸음을 멈추고 주변을 두리번거렸다.

"공격!"

재환은 틈을 주지 않겠다는 듯 공격 신호와 함께 멈춰 선 고블린의 정수리를 대검으로 내리찍었다.

그와 동시에 나머지 헌터들도 일제히 뛰쳐나와 고블린을 공격했다.

순식간에 선두의 고블린들이 전멸하고, 이제 남은 것은 운 좋게 그물을 피한 몇 마리가 전부였다.

그물에 걸린 고블린들은 자신들의 운명을 직감했는지, 온갖 비명을 지르며 호들갑을 떨어 댔다.

온몸의 자유를 제압당한 놈들이 할 수 있는 것이라고는 소리 높여 애원하는 것뿐이었다.

하지만 헌터들의 입장에서는 시끄러운 소음에 불과했다.

알아듣지 못할 언어로 소리나 꽥꽥 질러 대는데 어쩌란 말인가.

그저 조용히 시키는 게 정답이었다.

"죽엇!"

재식은 염원을 담아 카타르를 휘두르며 고블린에게 덤벼들었다.

그런데 놈은 일체의 방어나 회피도 없이 오른손에 쥔 조악한 단검을 맞부딪치며 재식의 공격을 막았다.

놈은 나름 고블린계의 기대주인 듯 뒤로 폴짝 뛰며 간격을 벌리더니, 다시 앞으로 몸을 날리며 단검을 쭉 뻗었다.

재식은 얼른 오른쪽 손목을 돌려 카타르의 넓은 면으로 고블린의 찌르기를 막았다.

오늘 처음 사용하는 것이지만, 재식은 마치 오랫동안 사용해 온 것처럼 능숙하게 카타르를 다뤘다.

고블린의 공격을 완벽하게 막아낸 재식은 왼손으로 카운터를 날렸다.

당황한 고블린은 깜짝 놀라 뒤로 물러섰지만, 그대로 두고 볼 재식이 아니었다.

얼른 따라붙어 연달아 양손을 내지르자, 고블린은 어찌해야 할지 몰라 허둥거렸다.

한 번 승기를 잡은 재식은 침착하게 마음을 가라앉히며 빈틈을 노렸다.

그리고 고블린 놈이 실수하며 양팔이 벌어진 틈으로 묵직하게 카타르를 찔러 넣었다.

푹.

카타르의 뾰족한 칼끝이 심장을 갈랐다.

놈은 고통을 참기 위해 못생긴 얼굴을 더욱 일그러뜨렸지만, 이내 숨이 끊어지고 말았다.

'좋았어!'

비록 압도적이진 않지만, 확실하게 몰아붙여 작은 상처 하나 없이 고블린을 해치울 수 있었다.

'음, 이런 무기가 있다는 걸 난 왜 이제야 알았을까.'

재식은 카타르의 효용에 더없이 만족감을 느꼈다.

실전에서 직접 써보니 확실하게 알 수 있었다.

"막내야, 끝났으면 저기 좀 도와줘라!"

"네, 알겠습니다!"

재식은 카타르를 시험해 볼 대상이 더 있다는 것에 감사하며 재환의 명령에 따랐다.

마침 그곳에는 고블린 한 마리가 헌터를 사납게 몰아붙이고 있었다.

"이놈, 감히 고블린 주제에!"

재식은 망설이지 않고 고블린에게 달려들었다.

눈앞의 헌터를 상대하느라 재식의 난입을 전혀 알아차리지 못한 고블린은 완전 허점투성이였다.

재식이 고블린 등 뒤로 다가가 옆구리에 카타르를 깊숙이 박아 넣었다.

끄에엑!

고블린은 발악하듯 비명을 지르며 몸을 부르르 떨더니, 이내 죽음을 맞이한 듯 몸을 축 늘어뜨렸다.

"헉, 헉… 고맙다. 하마터면 죽는 줄 알았네."

"아니에요. 제때 도울 수 있어서 다행이네요. 그럼 잠깐 쉬고 계세요."

"그게 무슨 소리냐. 나도 같이 가야지."

재식은 아직 전투가 끝나지 않은 다른 공대원들을 지원하기 위해 움직였다.

이후 고블린의 숫자가 급격히 줄어들며 첫 번째 전투는 순조롭게 막을 내렸다.

재식과 공대원들은 첫 사냥의 성공을 발판 삼아 파죽지세로 지하철 던전을 돌파해 나갔다.

방금 전까지 총 네 번의 사투를 벌였는데, 한 명의 부상자도 발생하지 않았다.

지금은 의뢰 완료 증거품으로 헌터 협회에 제출할 증거를 수집하는 중이었다.

증거란 다름 아닌, 고블린의 오른쪽 귀.

재식은 고블린 시체에서 귀를 잘라 챙기며 심장을 갈라 그 안을 살폈다.

'와~ 정말 오늘 무슨 날인가? 뭐만 했다 하면 대박이네.'

재식은 깜짝 놀라 눈을 동그랗게 떴다.

이번에도 고블린의 심장에서 최하급 마정석을 발견했기 때문이다.

오늘 재식이 처리한 고블린은 모두 다섯 마리인데, 그중 무려 네 번이나 마정석을 발견할 수 있었다.

본래 마정석은 최하급 몬스터에게선 잘 나오지 않는다.

운이 좋아도 열 번에 한 번 나올까 말까 할 정도다.

그런데 재식이 속한 공대는 벌써 열두 개의 마정석을 얻었다.

그중 네 개를 재식이 찾아냈고, 방금 하나를 더 발견한 것이다.

누가 듣는다면 거짓말하지 말라고 따질 정도로 부러운 상황이었다.

'흐흐흐, 이게 다 얼마냐.'

재식의 입가에 절로 미소가 번졌다.

고블린에게서 나오는 마정석은 세금을 떼고 나면 평균 100만 원 정도다.

거기서 품질에 따라 ±10% 정도 가격 차이가 생긴다.

그러니 재식이 속한 공대는 고블린 사냥으로 받게 될 의뢰비 외에도 부수입으로만 1,200만 원의 수입을 더 얻은 셈이었다.

단순 계산으로 일인당 100만 원씩 부수입이 생긴 상황이니, 다들 표정이 밝을 수밖에 없었다.

"휴우, 어디 다치신 분은 없죠?"

마정석 확인까지 모두 마친 재환이 공대원들의 상태를 살폈다.

손을 드는 사람이 없는 걸 보니, 이번 전투도 성공적으로 마무리된 모양이었다.

네 번의 전투 동안 전혀 부상자가 발생하지 않았다는 건 무척 운이 좋은 일이다.

덕분에 평소보다 사냥을 더 오래할 수 있었고, 그만큼 수익도 늘었다.

'오늘 운이 너무 좋은 거 아닌가? 이거, 던전에 들어오지 말고 복권을 살 걸 그랬나?'

재식은 운이 너무 좋다 보니 엉뚱한 생각까지 했다.

"야, 또 나왔다!"

그때, 저쪽 앞에서 고블린의 시체를 살피던 공대원이 머리 위로 손을 번쩍 들어 올리며 소리쳤다.

새끼손톱 크기의 작은 구슬처럼 보이는 것은 마정석이었다.

이로써 열세 개째 마정석을 얻은 것이었다.

"우와, 오늘 누구 생일이라도 되냐? 무슨 마정석이 이렇게 잘 나와?"

고블린의 시체를 살피던 다른 헌터가 멍하니 중얼거렸다.

"저도 하나 나왔습니다."

재식도 얼른 마정석을 발견했다고 알렸다.

그러자 공대원들의 입이 쩍 벌어졌다.

"우와, 정말 대박인데?"

"야, 나 소름 돋았어. 이게 꿈은 아니겠지? 갑자기 누가 밥 먹으라고 깨우면 울지도 모르겠다."

"어허, 입조심해. 말이 씨가 된다고 했어."

공대원들은 각자 느끼는 감상을 떠들어 대기 바빴다.

"그러게 말이야. 이거 도대체 얼마나 번 거야?"

재환조차도 오늘의 수확이 믿기지 않는다는 듯 손가락을 접었다 폈다.

아마도 예상 수익을 추측하는 듯했다.

재식도 옆에서 얼른 계산을 해보았다.

'고블린 퇴치가 쉰네 마리에 마정석이 열네 개면 6천에 다가…….'

입이 쩍 벌어질 만한 액수였다.

고블린 한 마리와 마정석이 각각 100만 원이니까 6,800만 원이란 계산이 나온다.

그걸 사람 수대로 나누면 세금을 빼고도 한 사람당 최소 500만 원이 떨어진다는 계산이 나온다.

방어구를 대여하며 지불한 120만 원을 차감해도 무려 400만 원의 수익을 오늘 하루 만에 올린 셈이었다.

지난 반년 동안 열심히 헌터 일을 해왔지만, 이렇게 대단한 성과를 거둔 건 처음이었다.

"야, 이거 오늘 일당 받고 나서 보름 정도는 푹 쉬어도 되겠는데? 행운의 신이 아니라 재신이 붙었나 보다."

"자자, 그만 떠들고 얼른 마무리 지읍시다!"

헌터 중 한 명인 주성이 너스레를 떨며 농담을 던지자,

재환은 긴장이 풀어질 것 염려해 주의를 줬다.

괜히 사냥 후에 한자리에 오래 머물다가 다른 몬스터 무리와 조우할 수도 있기 때문이었다.

하지만 다들 수익에 대한 기대로 기분이 좋은 탓인지 딴지를 거는 사람은 없었다.

"전 다 됐습니다."

"저도 끝났습니다."

"OK, 나도 마무리했어."

여기저기서 임무 종료를 알리는 보고가 들려왔다.

"그럼 다들 모여주시기 바랍니다."

재환은 공대원들을 자신의 곁으로 모았다.

"조금 이르긴 하지만, 이 정도면 오늘 할당량은 충분한 것 같습니다. 슬슬 이쯤에서 마무리하는 건 어떻습니까?"

재환은 주변에 모여든 헌터들을 둘러보며 제안했다.

공대원들은 잠시 고민했다.

오후 3시가 조금 지났을 뿐이니, 무리한다면 한 번 정도는 더 사냥할 수도 있을 것이다.

하지만 이쯤에서 돌아가자는 재환의 말도 일리가 있었다.

평소보다 많은 고블린을 사냥했지만, 부상자가 한 명도 발생하지 않은 건 무척 다행스러운 일이었다.

아무리 기본적인 지하철 던전이라 하나 이 정도의 결과라면 단순히 '운이 좋다'는 말로 넘기기엔 차고 넘칠 정도였다.

'이미 평소보다 훨씬 더 벌었는데, 굳이 무리할 필요가 있을까?'

'음… 그래도 오늘은 뭔가 되는 날인데, 한 번 정도는 괜찮지 않을까?'

저마다 이런저런 생각을 떠올렸지만, 쉽게 결정할 수가 없었다.

"목숨을 잃으면 오늘 번 돈의 의미가 없습니다. 지금 철수를 하는 게 최선입니다."

공대원들의 고민이 길어지자, 재환은 다시 한 번 자신의 주장을 힘주어 강조했다.

"하긴, 듣고 보니 아무도 다치지 않은 지금 철수하는 게 좋겠네."

주성이 고개를 끄덕이며 재환의 의견에 힘을 보탰다.

사실 그도 다른 이들처럼 조금 더 사냥을 하고 싶었지만, 이미 네 차례나 고블린 무리와 전투를 벌인 걸 떠올렸다.

보통 하나의 공대가 하루에 40마리 내외의 고블린을 사냥하는데, 이를 기준으로 놓고 생각했을 때 자신들은 이미 한 무리의 고블린을 더 잡은 셈이었다.

"그러죠. 오늘 처리한 고블린 무리의 숫자도 평소보다 많은데, 괜히 위험을 무릅쓸 필요는 없을 것 같습니다."

주성이 먼저 재환의 의견에 동의하고 나서자, 다른 공대원들도 리더의 의견을 따르겠다고 입을 모았다.

솔직히 상처를 입지 않았을 뿐이지, 고블린을 상대하느라 지친 건 사실이었다.

"그럼 이걸로 사냥을 마무리하겠습니다. 모두 돌아가시죠."

의견이 하나로 모아지자, 재환은 공식적으로 공대의 사냥이 끝났음을 선언했다.

"휴우, 얼른 돌아가서 한잔해야겠어."

"오, 좋은 생각이네. 같이 마실래?"

재식은 공대원들이 잡담을 나누며 대열을 이루자, 의뢰 확인용 고블린 귀가 담긴 자루를 짊어졌다.

그건 누가 시킨 일이 아니었다.

공대마다 룰은 조금씩 다르겠지만, 임시 공대에서 통용되는 몇 가지 기본 법칙이 있었다.

그중 하나가 바로 의뢰 확인을 위한 증거품은 공대 막내가 담당한다는 것이었다.

공대의 막내는 보통 나이가 가장 어린 사람이 맡고, 나이가 비슷할 때는 레벨로 결정했다.

현재 재환이 이끄는 공대는 20대 초반인 재식이 가장 어렸다.

동갑인 공대원도 있지만, 재식의 레벨이 가장 낮기 때문에 막내를 맡게 됐다.

재식이 자루를 정리하는 사이, 공대원들도 이동 준비를

모두 마쳤다.

이윽고 재환이 행렬의 선두에 서서 공대를 이끌었다.

"그럼 이제 출발하겠습니다."

자루를 짊어진 재식은 재환의 바로 뒤로 달라붙었다.

그런 재식의 양쪽에는 헌터 두 명이 호위하듯 둘러쌌다.

의뢰 확인을 위한 부산물을 지키기 위함이었다.

그렇게 얼마나 걸었을까, 갑자기 터널 앞쪽에서 흉포한
괴성이 들려왔다.

우워어어—!

그건 흡사 사나운 맹수가 포효하는 소리처럼 들렸다.

재식은 그 소리를 낸 게 고블린은 아닐 거라 확신했다.

고블린의 얇고 날카롭고 톤과는 확연히 다르기 때문이다.

묵직하게 울리는 중저음의 포효는 헌터들을 긴장시키기
에 충분했다.

"으으, 이게 도대체 무슨 소리야?"

헌터 중 한 명이 소름 돋은 팔을 쓸어내리며 조심스레 질
문을 던졌다.

사정은 다른 헌터들도 마찬가지였다.

저마다 서로 얼굴을 마주하며 답을 찾으려 하지만, 울음
소리의 정체가 무엇인지는 아무도 알지 못했다.

나름 경력을 쌓아왔다고는 하나 이들은 최하급에 속하는

일반 헌터일 뿐이다.

당연히 활동 영역도 지하철 던전이 전부인데, 지금껏 이런 울음소리를 내는 몬스터는 본 적이 없었다.

"음, 다른 공대와 몬스터가 싸우는 게 아닐까요?"

재식이 조심스럽게 의견을 내놨지만, 재환은 천천히 고개를 저었다.

쿵, 쿵!

끄억!

워웍!

재환은 온 신경을 기울여 들려오는 소리에 집중하더니, 곧 인간과 몬스터의 싸움이 아니라는 결론을 내렸다.

"아무래도 몬스터끼리 싸움이 벌어진 것 같은데, 어떻게 하면 좋을까요? 일단 뭔지 몰라도, 한쪽은 오크인 게 확실합니다."

그는 심각한 표정으로 헌터들을 돌아보며 의향을 물었다.

비록 그가 리더이긴 하지만, 불확정 요소에 대해 함부로 결정을 내릴 수는 없었다.

게다가 다른 헌터들과 달리 재환은 오크의 울음소리를 분명하게 구분해 낼 수 있었다.

재환의 말에 공대원들의 얼굴 위로는 그늘이 드리워졌다.

오크는 중급 이상의 헌터가 아니라면 상대하기 버거운 존재였다.

실제로 재환 역시도 오크와 조우해 큰 피해를 입은 적이
있었다.

그가 헌터가 되어 얼마 되지 않았을 때, 열 명이 모인 공
대가 오크 여섯 마리를 상대하며 거의 전멸의 피해를 입은
것이다.

당시 공대를 이끌던 리더를 포함해 네 명이 사망했고, 세
명은 중상을 입었으며, 재환을 비롯한 세 명도 커다란 정신
적 충격을 받았다.

중상을 입은 이들은 불구가 되어 은퇴할 수밖에 없었고,
재환을 제외한 두 명은 오크에 대한 두려움으로 헌터를 관
두고 다른 직업을 찾았다.

그로 인해 재환도 정규 공대에 들어가지 못하고 임시 공
대만 전전하게 된 것이다.

그런 경험으로 인해 재환은 오크에 대한 두려움이 컸다.

그건 오크 한 마리쯤은 충분히 상대할 수 있게 된 지금도
마찬가지였다.

게다가 지금 그가 이끄는 공대의 실력은 전에 몸담은 정
규 공대에 비해 실력이 열악했다.

반드시 사망자가 발생할 것이고, 최악의 경우엔 공대가
전멸할 수도 있는 상황이었다.

재환은 자신의 공대를 사지로 이끌고 싶지 않았다.

그때, 주성이 두려움 가득한 목소리로 물어왔다.

"저기… 상대가 오크라면 우리 실력으로는 감당하기 어렵지 않을까? 게다가 지금 오크와 싸우고 있는 몬스터가 더 강한 놈일지도 모르잖아."

"음, 그 말씀이 옳습니다. 하지만 놈들을 피하려면 빙 돌아 멀리 떨어진 출구를 향해 이동해야 합니다."

"그렇긴 하겠네. 그럼 오크가 아니더라도 다른 몬스터와 싸우게 되겠지."

다른 이들이 고민에 빠져들자, 재식은 용기를 내서 자신의 의견을 밝혔다.

"저기… 일단은 상황을 확인하는 게 먼저이지 않을까요?"

"음, 막내 의견이 맞네요. 그럼 결정을 내리기 전에 어떤 상황인지 한 번 살펴보죠. 그러고 나서 다음 행동을 정하는 게 좋을 것 같습니다."

재환은 재식의 의견에 힘을 실어주며 공대원들을 설득했다.

"좋아. 그럼 다들 찬성하는 거지?"

단체로 정신이 나간 모양인지, 재환의 제안에 공대원들 모두가 고개를 끄덕였다.

"그럼 조심스럽게 전진하도록 합시다. 갑작스럽게 전투가 벌어질 수도 있으니 긴장을 늦추지 마세요."

3. 어부지리

재식은 재환의 뒤를 따라 요란한 소리가 쉴 새 없이 이어지는 현장에 도착했다.

　헌터들은 치열한 몬스터의 생존경쟁을 목격하게 되자, 마른침을 꿀꺽 삼켰다.

　크워억!

　오크들은 둥글게 둘러서서 거대한 지렁이처럼 보이는 몬스터를 포위한 상태로 공격을 퍼부었다.

　'오크가 상대하는 건 어스 웜인가…….'

　재식은 헌터 경력이 짧은 편이지만, 지렁이처럼 보이는 몬스터의 이름은 쉽게 유추할 수 있었다.

크르릉——

어스 웜은 사납게 울부짖으며 오크들을 향해 자신의 거대한 몸을 힘껏 휘둘러 댔다.

그냥 힘만 믿고 날뛰는 본능적인 공격이라면 오크들은 일제히 달려들어 간단히 어스 웜을 제압했을 것이다.

하지만 어스 웜의 온몸에 돋아난 단단한 돌기는 스치기만 해도 치명상을 입을 정도로 날카로워 보였고, 오크들도 이를 아는지 허겁지겁 거리를 벌리는 데 급급했다.

서로의 목숨을 노리는 숨 막히는 혈투에 헌터들은 넋 놓고 상황을 지켜보기만 했다.

그중에서 제일 먼저 정신을 차린 재식은 뭔가 이상한 점을 발견했다.

"대장, 뭔가 이상합니다."

"응? 뭐가?"

재식의 부름에 재환이 퍼뜩 정신을 차렸다.

"어스 웜이 도망치지 않는 게… 아무래도 의심스럽습니다."

재식의 지적에 재환의 미간에 골이 생겼다.

평소 땅속으로 돌아다니는 어스 웜은 불리한 상황에 처하면 곧장 지면 아래로 몸을 감추는, 영악한 몬스터였다.

그런데도 도망치지 않고 싸운다는 건, 오크들이 위협적이 않거나 뭔가 다른 이유가 있기 때문일 것이다.

"아, 혹시……."

재환은 뭔가 떠오른 게 있는 듯 왼팔에 착용한 헌터 브레슬릿을 조작했다.

역시나 이 장소는 자신들 공대가 고블린 열세 마리를 사냥한 곳이었다.

마정석이 세 개나 나온 장소였기 때문에 쉽게 떠올릴 수 있었다.

"왜 그래? 뭐라도 알아낸 거야?"

"저놈들이 다투는 이유가 고블린 시체 때문인 거 같은데?"

주성과 재환의 문답에 헌터들은 서둘러 전장을 훑어봤다.

멀어서 잘 보이지는 않지만, 자세히 보니 갈기갈기 찢긴 고블린의 신체 일부를 확인할 수 있었다.

헌터들에게 필요한 건 돈이 되는 마정석과 의뢰 확인용으로 제출할 고블린의 한쪽 귀뿐이었다.

재식은 설마 고블린의 시체 냄새를 맡고 오크 무리와 어스 웜이 나타나리라고는 상상도 못했다.

"이제 어떻게 하실 건가요?"

재식은 마른침을 꿀꺽 삼키더니 질문을 던졌다.

어스 웜이 도망치지 않는다면 어느 한쪽이 승리하기 전까지 전투는 계속 이어질 게 빤했다.

"글쎄, 어떻게 하는 게 좋을지 선뜻 판단하기가 어려운

데……."

재환은 다시 한 번 전투 중인 오크 무리와 어스 웜을 살폈다.

재식도 그를 따라 시선을 옮겼다.

어느 쪽이 먼저 도착했는지는 알 수 없지만, 양쪽 모두 상당히 오랫동안 싸웠으리란 건 쉽게 알 수 있었다.

그도 그럴 것이, 어스 웜은 군데군데 돌기가 부러지고, 피부 곳곳에서도 피가 흐르고 있었다.

물론, 어스 웜의 상태만 나쁜 건 아니었다.

어스 웜 근처에 굴러다니는 두 구의 오크 시체가 그 증거였다.

게다가 남은 오크 네 마리도 크게 지친 듯 연신 거친 숨을 내쉬는 중이었다.

"오크 전사도 보이는데, 그냥 다른 길로 돌아가는 게 안전하지 않을까?"

주성이 다른 세 마리 오크에 비해 덩치가 조금 더 큰 개체를 가리켰다.

그놈은 몬스터의 두개골로 보이는 걸 마치 투구처럼 머리에 쓰고 있었다.

그륵?

잠시 어스 웜과의 싸움이 소강상태로 접어들자, 오크 전사가 코를 벌름거리며 주변을 돌아봤다.

그러더니 정확하게 재식과 그 일행이 숨어 있는 방향으로 시선을 던졌다.

그 순간, 재식은 오크 전사와 눈이 딱 마주쳤다고 생각하며 몸을 웅크렸다.

'이런 젠장······.'

실제로 서로를 바라봤는지, 그래서 오크 전사가 이쪽에 헌터들이 있다는 걸 알게 됐는지는 미지수였다.

워웍!

그륵!

하지만 그것도 잠시, 다급한 다른 오크들의 고함에 오크 전사는 얼른 고개를 돌렸다.

한 마리의 오크가 어스 웜의 공격을 피하지 못하고 팔을 물린 상태였다.

오크 전사는 곧장 어스 웜을 향해 달려가더니, 땅을 박차고 높이 뛰어올라 놈의 머리를 도끼로 내려찍었다.

그워억!

흉험한 오크 전사의 도끼질에 크게 상처 입은 어스 웜은 물어뜯던 오크의 팔을 입 밖으로 뱉어내더니 몸을 우뚝 세웠다.

그리고는 몸을 부르르 떨며 사방으로 흔들어 댔다.

그 위협적인 몸짓에 오크 전사는 물어뜯긴 오크를 구출할 새도 없이 몸을 굴려 피할 수밖에 없었다.

부상당한 오크는 자력으로 탈출하려 노력했지만, 5미터 크기의 커다란 어스 웜이 그 위를 덮치고 말았다.

으직!

어스 웜의 거대한 몸체에 깔린 오크는 외마디 비명도 지르지 못한 채 생을 마감했다.

끄웍!

끄워억!

동료의 죽음에 분노한 오크 전사는 다른 두 마리 오크와 함께 고래고래 소리치며 어스 웜에게 달려들었다.

그르르—

하지만 기세가 오른 어스 웜은 가소롭다는 듯 재빨리 반격에 나섰다.

오크 무리는 오크 전사가 어스 웜의 공격을 유도하면 나머지 두 마리가 빈틈을 노리고 공격하는 전술을 사용하며 전투를 이어 나갔다.

하지만 어스 웜은 일반 오크의 공격 따윈 위협이라 여기지도 않는 듯, 집요할 정도로 오크 전사만 노렸다.

"공대장, 오크 전사가 우리의 존재를 알아차렸을 텐데, 계속 대기하는 게 맞습니까?"

조심스런 제안에 재식은 고개를 돌려 말을 꺼낸 이를 바라보았다.

공대원 중 한 명인 지훈은 몹시 초조한 듯 이빨로 손톱을 물어뜯으며 재환을 빤히 바라보았다.

어스 웜과 오크 간의 전투를 보고 있으려니, 저도 모르게 두려움을 느낀 듯했다.

"지금이라도 늦지 않았습니다. 어서 자리를 피하죠."

"맞습니다. 살아남은 쪽이 우리를 가만 놔둘 리 없어요."

다른 공대원들도 이제는 다른 길로 돌아서 던전을 나가는 쪽이 좋다고 판단하는 것 같았다.

뮤턴트 마우스나 고블린 같은 하위 몬스터만 잡아오던 이들로서는 오크나 어스 웜은 감히 상대할 엄두도 내지 못했다.

하지만 재식의 판단은 달랐다.

만약 어스 웜과 오크가 서로 싸우는 중이 아니라, 어느 한쪽만 맞닥뜨린 상황이었다면 뒤로 물러나 다른 길을 찾는 데 찬성했을 것이다.

양패구상이라면 더 바랄 게 없지만, 저 싸움은 어느 한쪽의 승리로 막을 내릴 게 분명했다.

남은 놈을 상대할 수 있을지 없을지는 그때 가서 고민해도 충분했다.

재식은 이런 자신의 생각을 가감 없이 밝혔다.

그러자 바로 다른 공대원들의 비난이 쏟아졌다.

"막내야, 지금 상황이 레이드 방송으로 보이나 본데…

이건 실전이거든?"

"맞아. 방송에 나오는 건 너랑 상관없는 헌터지만, 여기서 죽는 건 우리라고."

"형님들, 겁이 난다는 건 이해할 수 있습니다. 솔직히 저도 무섭거든요. 그런데 저를 뭐로 보시기에 방송과 현실도 구분 못하는 얼간이인 양 취급하는 겁니까?"

"그만! 이런 식의 감정싸움은 지금 상황에서 아무런 도움이 되지 않습니다."

재환이 싸움이 격해질 걸 우려했는지 재빨리 중재에 나섰다.

"그럼 어떻게 하겠다는 겁니까? 이대로 계속 지켜보고만 있자고요?"

"네. 애초에 상황을 살피러 온 건 다른 몬스터와 조우할 가능성이 높기 때문이었습니다."

"그건……."

지훈은 미처 거기까지는 생각하지 못했는지 말을 잇지 못했다.

"만약 싸움이 끝난 후 오크가 두 마리 이하로 남는다면, 놈들을 사냥하고 지나가는 걸로 하겠습니다."

그 말대로라면, 오크 놈들이 어스 웜을 쓰러트려야 한다는 전제가 붙는다.

어떻게 해석하는지에 따라 다르겠지만, 재식은 재환이 오크들의 승리를 바란다는 의미로 받아들였다.

"…어스 웜이 살아남는다면?"

지훈이 걱정스레 질문을 던지자, 재환은 인상을 찡그리며 생각할 것도 없다는 듯이 말을 꺼냈다.

"어스 웜은 원래 대형 몬스터에 속하는 놈입니다. 저건 새끼라서 그 정도는 아니지만, 그래도 감히 우리가 상대할 수 있는 놈은 아닙니다."

재식은 슬쩍 오크와 어스 웜이 격렬한 전투를 펼치는 곳을 바라봤다.

만약 어스 웜을 상대하는 게 자신들이라면 순식간에 전멸했을 게 빤했다.

하지만 지금 어스 웜과 사투를 벌이고 있는 오크들은 아슬아슬하긴 해도 나름 체계적으로 대응하고 있었다.

오크 전사의 부상이 조금씩 누적되는 중이지만, 그보다 어스 웜의 상처가 늘어나는 속도가 더 빨랐다.

"두 마리 중에 오크 전사가 포함돼도 싸우는 건 변함없는 건가?"

주성은 각오를 다지려는 듯 굳이 하지 않아도 될 질문을 꺼냈다.

그러자 재환은 별다른 대답 없이 가만히 고개만 끄덕였다.

공대장의 결정이 내려지자, 헌터들은 다시 숨을 죽인 채 몬스터들의 전투를 지켜볼 수밖에 없었다.

"후우… 어스 웜이 새끼이기는 하지만 오크들이 어찌할 정도는 아닐 텐데, 대체 무슨 생각으로 맞서 싸우는 것인지……. 제발 둘 다 만신창이가 되어야 할 텐데."

재환은 어스 웜보다는 오크 전사의 움직임을 보다 유심히 살피며 중얼거렸다.

재식은 지금껏 어스 웜이나 오크를 마주친 적이 없어 재환이 무슨 말을 하는 것인지 알아차릴 수 없었다.

그런데 재환의 말을 들은 건 재식뿐만이 아닌지, 주성이 질문을 던졌다.

"만약 어스 웜이 이긴다면, 놈이 우리를 노리지는 않을까?"

"음, 그러지는 않을 것 같습니다. 우리가 공격하지만 않으면 놈도 주변의 시체나 챙길 것 같아요."

재환은 주성의 우려에 애써 긍정적인 대답을 내놨다.

재식 역시도 재환의 생각에 동의했다.

어느 정도 사고를 할 수 있는 오크와 달리 어스 웜은 본능을 우선시하는 느낌이었다.

그냥 생긴 것만 봐도 벌레나 다름없는데, 위협 요소를 제거한다는 고등적인 사고를 할 수 있지는 않을 듯했다.

물론 본능적인 감각으로 가장 위협이 되는 오크 전사를 집요하게 노리기는 했지만.

어쨌든 오크 전사의 분투에도 승산은 점점 어스 웜 쪽으로 기울어갔다.

일반 오크 두 마리의 공격이 치명상을 만들어내지 못했기 때문이다.

그럼에도 재환은 오크가 이길 것이라 믿어 의심치 않았다.

"잘 보십시오. 물론 원래대로라면 새끼 어스 웜이라 해도 오크가 당해낼 수는 없습니다. 그런데 지금 저 오크 전사는 뭔가를 노리는 듯 물러서지 않고 있어요."

"음, 그렇긴 하지."

"그 말인즉슨, 아직 승부를 뒤집을 만한 수가 남아 있다는 것입니다."

재환의 말에 재식도 오크 전사의 움직임을 찬찬히 지켜봤다.

"어?"

그러던 중 재식이 작게 탄성을 내뱉었다.

자세히 보니 오크 전사는 활발하게 어스 웜을 상대하고는 있지만, 전력을 다하는 것처럼은 보이지 않았다.

마치 뭔가를 기다리는 듯한 움직임이었다.

그때, 어스 웜이 돌연 꼬리를 휘둘러 일반 오크 한 마리를 공격했다.

때마침 공격을 준비하던 오크는 갑자기 휘둘러진 어스 웜의 꼬리에 그대로 얻어맞았다.

쾅!

꾸웩!

마치 트럭이 치인 것 마냥 피를 토하며 날아가는 오크.

몇 바퀴나 바닥을 구른 오크는 숨이 끊어진 것인지 아무런 미동도 없었다.

그러자 그 틈을 노린 오크 전사가 몸을 날려 어스 웜의 머리 위로 뛰어 올랐다.

그 모습을 뒤늦게 감지한 어스 웜은 오크 전사를 집어삼킬 듯 아가리를 쫙 벌렸다.

하지만 오크 전사도 결코 만만치 않았다.

어스 웜의 입을 피하기 위해 몸을 웅크리더니, 그대로 바닥에 착지하며 앞으로 굴렀다.

어스 웜의 아가리가 아슬아슬하게 오크 전사를 스쳐 지나갔다.

오크 전사는 곧장 몸을 일으키더니, 몸을 돌려 어스 웜의 허리에 올라타 사정없이 도끼를 내려찍었다.

어스 웜의 단단한 표피를 깨뜨린 도끼는 날이 보이지 않을 정도로 깊숙이 박혔다.

그야말로 영화의 한 장면처럼 박진감 넘치는 공격이었다.

키에엑!

어스 웜은 극심한 고통에 지금까지와는 전혀 다른, 소름 끼치는 비명을 내지르더니 온몸을 비틀며 요동을 쳤다.

오크 전사는 어스 웜의 몸 위에서 뛰어내려 잽싸게 거리를 벌였다.

남은 한 마리의 오크도 멀찌감치 떨어져서 어스 웜의 발악을 지켜보며 숨을 골랐다.

그러는 동안에도 어스 웜은 상처에서 연신 체액을 뿜어냈다.

그 치열한 공방에 주성은 믿을 수 없다는 듯 멍하니 중얼거렸다.

"…이러다 정말 오크가 어스 웜을 잡는 장면을 보게 생겼는데?"

"네. 등 쪽에 박아 넣은 도끼가 치명타인 것 같네요. 문제는 오크 전사인데, 너무 멀쩡해서 걱정입니다."

이대로 시간이 흘러가면 오크들이 어스 웜을 쓰러뜨리는 건 기정사실이었다.

다행히 처음 재환이 고지한 것처럼 오크도 두 마리만 남게 되었지만, 오크 전사의 존재가 걸렸다.

거친 숨을 몰아쉬는 것과 달리, 놈의 상태는 거의 멀쩡했다.

"대장, 슬슬 준비해야 할까요?"

오크의 승리를 점친 재식은 한참 고민하고 있는 재환을 불렀다.

"음, 아직 오크가 이긴 건 아니야. 조금만 더 지켜보자.

어차피 우리에게 나쁠 건 없을 테니까."

싸움이 막바지로 치닫자 공대원들은 눈을 빛냈다.

어스 웜은 아직 새끼에 불과하지만, 못해도 중급 마정석을 품고 있을 것이다.

게다가 오크 전사 역시 중급 마정석이 나올 가능성이 높았다.

어부지리로 얻게 될 보상치고는 너무나도 엄청난 성과가 아닐 수 없는 것이다.

물론 지금 상황에서는 오크 전사를 쓰러뜨려야 한다는 과제가 남아 있지만, 어스 웜이 조금만 분발해 준다면 상황은 더욱 유리해질 것이다.

그때, 어스 웜과 오크들 간의 최종 전투가 재개됐다.

양쪽이 모두 지치고 부상을 입은 상태니, 이번 충돌로 승자가 가려질 게 분명했다.

"어스 웜이 빈사에 가까운 상처를 입어서 오크의 승리로 마무리될 것 같으니, 슬슬 준비합시다."

재환의 지시에 공대원들은 저마다 장비를 점검했다.

"자자, 지금껏 아무도 다치지 않고 잘해왔지만, 이번에도 그러리란 법은 없습니다. 그러니 다들 긴장 풀지 말고 마지막까지 최선을 다합시다."

주성이 재환을 도와 한마디를 덧붙였다.

공대의 막내인 재식은 다시금 장비를 점검하며 헐거워진

방어구의 끈을 다시 한 번 조였다.

그러고는 다른 헌터들과 함께 그물도 꼼꼼히 살폈다.

잠시 후, 오크 전사의 포효 소리가 들려왔다.

"대장, 싸움이 끝났어."

주성이 상황을 알려주자 공대원들의 시선이 전장으로 향했다.

재식 역시도 얼른 고개를 돌려 전장을 바라봤다.

어스 웜은 허리가 두 동강 나서 바닥을 구르며 사방으로 체액을 흩뿌리는 중이었다.

"다들 준비를 마치셨습니까?"

재환의 물음에 헌터들은 모두 고개를 끄덕였다.

"이제 저희는 오크를 상대할 겁니다. 오크 전사가 조금 위험해 보이지만, 서로가 힘을 합친다면 아무도 다치지 않을 겁니다."

재환의 자신의 바람을 이야기하듯 말을 이어 나갔다.

"한 가지 희망적인 이야기를 하자면, 어스 웜과 오크 전사에게서 중급 마정석을 얻을 가능성이 높다는 겁니다."

"와! 그렇게만 되면 정말 대박이겠는데?"

중급 마정석이라는 말에 주성이 호들갑을 떨었다.

그러자 다른 헌터들도 눈을 반짝였다.

"중급이라고?"

"중급 마정석이 얼마더라……."

이 자리에 있는 헌터들 중 중급 마정석을 본 이는 거의 없었다.

그러니 당연히 가격도 모를 만했다.

물론 재식은 헌터가 되기 전, 이것저것 자료를 찾아보며 중급 마정석에 대해 공부를 했다.

그때 알게 된 중급 마정석의 가격은 최소가 1억이었다.

재환은 사람들의 궁금증에 답하듯 자신이 알고 있는 정보를 공개했다.

"예전에 제가 본 중급 마정석의 가격이 1억이었습니다. 중급 마정석이 두 개라면 최소 2억이니, 일인당 2천만 원씩은 벌 수 있다는 뜻입니다. 그러니 절대 죽어서는 안 됩니다."

재환은 헌터들의 사기를 끌어 올리는 한편, 주의를 거듭 당부했다.

그러자 헌터들은 머릿속으로 무엇을 떠올렸는지, 저마다 눈을 빛냈다.

방금 전까지만 해도 오크를 상대해야 한다는 두려움에 질려 있었는데, 이제는 오크가 지폐 다발로 보이는 모양이었다.

"대장, 어서 서두릅시다."

"맞아요. 겨우 오크 두 마리잖아요."

욕심이 생긴 헌터들이 오히려 재환을 재촉하기 시작했다.

"비록 오크가 상대하기 어려운 몬스터이긴 하지만, 고작

두 마리입니다. 먼저 그물로 덮쳐서 움직이지 못하게 만들면, 어렵지 않게 이길 수 있을 겁니다."

재식도 일확천금의 기회를 놓치는 건 아깝다고 여겼는지, 적극적으로 나섰다.

"좋습니다. 그럼 오크 놈들에게 본때를 제대로 보여줍시다."

재환을 비롯한 공대원들은 진형을 유지하며 조심스럽게 전진했다.

목표는 숨을 고르고 있는 오크 두 마리.

작전은 아주 간단했다.

최대한 접근한 뒤, 함정 그물을 던져 놈들을 옭아맨다는 것이었다.

작전대로라면 아주 손쉬운 사냥이 되겠지만, 돌발 상황은 언제라도 발생할 수 있었다.

그래서 준비한 플랜 B는 그나마 경험과 실력이 뛰어난 재환이 오크 전사를 상대하는 동안 나머지 오크 한 마리를 빠르게 정리하는 것이었다.

그렇게 되면 남는 것은 오크 전사뿐이기에 승리는 확실했다.

제아무리 오크 전사라도 사방에서 날아드는 공격을 모두 막아낼 수는 없으리라.

재환을 비롯해 공대원들이 거리를 좁혀가자 오크 전사와

남은 한 마리의 오크는 긴장한 듯 대비를 갖췄다.

잠시 숨 막히는 긴장 속에서 대치가 이어졌다.

이윽고 거리가 10미터 이내로 줄어들자, 재환은 궁수 헌터에게 신호를 보내며 소리쳤다.

"지금!"

그와 동시에 궁수 헌터는 오크 전사를 노리며 활을 쏘았다.

쐐액—

챙!

오크 전사는 민첩하게 도끼를 휘둘러 화살을 쳐내고는 괴성을 질렀다.

크워어어!

그 사나운 모습에 위협을 느낀 헌터들의 몸이 순간 경직됐다.

하지만 여기서 망설이면 죽도 밥도 안 된다는 걸 잘 알기에 재식은 마주 고함을 치며 앞으로 내달렸다.

여기서 계획대로 놈을 그물에 가두지 못하면 누군가는 부상을 당할 수도 있다.

그렇게 생각하자 없던 용기도 샘솟는 느낌이었다.

"하압!"

재식과 짝을 이룬 헌터도 같은 생각인지, 고함에 가까운 괴성을 내지르며 달렸다.

오크 전사의 5미터 전방까지 다다른 재식은 왼쪽 다리를 앞으로 내밀어 땅을 딛고는 허리를 뒤틀었다.

그런 후, 곧장 허리의 탄력을 이용해 어부가 투망을 던지 듯 그물을 뿌렸다.

촤라락.

탄소섬유를 꼬아 만든 그물은 정확하게 오크 전사를 향해 날아갔다.

하지만 오크 전사는 가볍게 도끼를 휘둘러 그물을 반으로 갈랐다.

오크 전사가 어스 웜의 질긴 가죽을 손쉽게 갈랐다는 걸 간과한 결과였다.

부우욱―

오크 전사가 사납게 재식을 노려볼 때, 옆에서 다른 헌터 들의 외침이 들려왔다.

"다른 놈은 성공했어!"

오크 전사의 뒤쪽에 있던 오크는 확실하게 그물에 걸린 모양이었다.

하지만 재식은 흥분한 듯 거친 콧김을 내뿜는 오크 전사 에게서 시선을 돌릴 수가 없었다.

"플랜 B다! 재식 씨, 천천히 물러나세요! 지훈 씨와 영 표 씨는 계속 화살을 쏴 엄호 부탁드립니다."

재식의 등 뒤에서 다급한 재환의 목소리가 들려왔다.

핑, 핑!

동시에 두 대의 화살이 바람을 가르며 오크 전사에게 쏘아졌다.

오크 전사는 이번에도 도끼를 휘둘러 두 대의 화살을 간단히 쳐냈다.

그사이 재식은 얼른 뒤로 물러났고, 교차하듯 재환이 전면에 나섰다.

"주성 씨, 제 오른쪽을 부탁합니다. 재식 씨, 왼쪽을 맡아줘요! 다른 분들은 다른 오크를 빠르게 정리하고 지원해 주십시오."

미리 세워둔 작전에 따라 헌터들은 허둥대지 않고 빠르게 움직였다.

그사이, 재식도 허리에 매어둔 카타르를 뽑아 양손에 장착했다.

크웩!

분노한 오크 전사는 앞으로 나선 재환을 향해 도끼를 휘둘렀다.

캉!

카이트 실드로 오크 전사의 공격을 막아낸 재환은 뒤쪽으로 주르륵 밀려났다.

역시나 오크 전사의 힘은 상상을 초월했다.

재환이 미처 자세를 잡기 전에 오크 전사가 숨통을 끊으려는 듯 달려들었다.

그대로 놔두었다가는 목숨을 잃을 것이 분명한 상황.

재식은 오크 전사가 머리 위로 도끼를 들어 올리는 순간, 오른손을 내질렀다.

그러나 오크 전사에게는 아무런 위협도 주지 못했다.

힐끗 돌아본 오크 전사가 그대로 오른발을 내지르자, 재식은 그대로 걷어차여 뒤로 나동그라졌다.

"크윽!"

극심한 고통이 배에서부터 느껴졌지만, 아파하고 있을 틈은 없었다.

주성의 다급한 목소리가 귓가를 울렸기 때문이다.

"왼쪽으로 굴러!"

재식은 생각할 것도 없이 사력을 다해 몸을 굴렸다.

그 순간, 등 뒤를 훑고 지나가는 싸늘한 기운을 느낄 수 있었다.

겨우 목숨을 부지한 재식은 뛰는 가슴을 진정시키며 겨우 몸을 일으켰다.

어느새 자세를 갖춘 재환과 주성이 옆에 서자, 오크 전사도 잠시 공격을 멈추었다.

잠시 경험한 오크 전사의 힘으로 보아 고블린을 상대할 때처럼 공격을 막고 반격에 나서는 건 불가능했다.

애초에 일대일은 상대도 안 될 거라는 걸 알았지만, 실제로 겪어보니 힘의 격차가 훨씬 더 크다는 걸 체감할 수 있었다.

그때, 멀지 않은 곳에서 오크의 구슬픈 비명 소리가 들려왔다.

재환은 힐끗 시선을 돌려 상황을 확인했다.

공대원들이 남은 한 마리의 숨통을 끊어놓는 데 성공한 걸로 보였다.

그런데 그 일이 쉽지만은 않았는지, 공대원들은 거친 숨을 몰아쉬며 호흡을 가다듬고 있었다.

"끝났으면 바로 백업 붙어!"

오크 전사와 팽팽한 기 싸움을 벌이고 있는 재환을 대신해 주성이 소리쳤다.

"그물, 그물도 챙겨 와요!"

재식도 서둘러 한마디를 덧붙였다.

단 한 번이라도 놈의 시선을 끌 수 있다면 뭐든 쓸 수 있는 건 다 시도해야만 했다.

크어어!

혼자 남았다는 사실에 분노한 오크 전사가 사납게 울부짖었다.

그 틈을 노리고 지훈과 영표가 다시 한 번 화살을 날렸다.

지금까지 세 사람을 몰아붙이면서도 좀처럼 틈을 보이지 않던 오크 전사였다.

때문에 지훈과 영표도 함부로 활을 쏘지 못했는데, 이성을 잃은 지금 약간의 틈이 드러난 것이었다.

그 덕분에 두 사람의 화살은 각각 왼쪽 어깨와 오른쪽 가슴에 꽂혔다.

"어?"

"어어, 피해!"

그러나 기뻐할 틈은 없었다.

오크 전사는 아무렇지도 않다는 듯이 땅을 박차더니, 나머지 헌터들이 있는 방향으로 몸을 날렸다.

재환을 위협적인 상대라 인식해 약한 상대부터 처리하려는 속셈인 듯했다.

"내가 막는다! 다들 알아서 피해!"

헌터들 중 거대한 원형 방패를 가진 이가 오크 전사의 앞을 막아서며 황급히 외쳤다.

"방심하지 마!"

재환은 오크 전사의 뒤를 쫓으며 방패 헌터에게 경고를 했다.

"놈의 힘이 장난 아냐!"

"조심하세요!"

쾅!

"끄아악!"

오크 전사가 혼신의 힘을 담아 일격을 휘둘렀기 때문일까.

헌터는 일단 방패로 공격을 막는 데까지는 성공했지만, 더는 버티지 못하고 멀리 나가떨어지고 말았다.

바로 일어나지 못하는 걸 보니, 엄청난 충격 탓에 정신을 잃은 듯했다.

"여기다, 이 괴물아!"

어느새 오크 전사의 등을 잡은 재환이 몸을 날리며 롱 소드를 쭉 내뻗었다.

푸욱.

"크왁!"

최대한 허리 깊숙이 검을 박아 넣은 재환은 미련 없이 손을 떼고는 빠르게 물러났다.

근육이 경직된 탓에 한 박자 늦게 휘둘러진 오크 전사의 반격은 허무하게 허공을 갈랐다.

그때, 한 헌터가 다른 이들에게 경고를 날렸다.

"그물 던집니다!"

촤르륵.

다시 한 번 펼쳐진 그물.

이번에도 오크 전사는 도끼를 휘둘러 그물을 찢으려 했다.

'바로 지금이다!'

오크 전사가 그물에 한눈을 판 사이, 재식은 자세를 낮추며 빠르게 달려들었다.

그런 다음, 오크 전사의 허리에 박힌 검의 손잡이를 밟고 다시 한 번 도약했다.

"죽어!"

재식은 마구잡이로 팔을 휘두르며 오크에게 많은 상처를 입혔다.

단단한 뼈와 부딪쳐 카타르가 튕겨나기도 했지만, 그 와 중에 갈비뼈 사이를 비집고 들어가 깊은 상처를 남겼다.

급소를 찔렸는지, 오크 전사가 한순간 몸을 바르르 떨었 다.

땅에 착지한 재식은 얼른 거리를 벌렸지만, 그럼에도 돌 아오는 반격은 없었다.

그워어어!

오히려 오크 전사는 털썩 무릎을 꿇더니, 사납게 울부짖 었다.

"모두 거리 벌려! 놈이 언제 다시 달려들지 몰라! 지훈 씨와 영표 씨는 최대한 급소를 노리세요!"

재환은 공대원들에게 경고하며 재빨리 전열을 가다듬었다.

그러는 동안에도 오크는 몸을 일으키지 못하고 거칠게 숨 을 헐떡일 뿐이었다.

재환과 재식이 만들어낸 상처에서는 쉴 새 없이 피가 흘 러나왔다.

제 놈이 트롤이 아닌 이상 과다 출혈로 서서히 죽어갈 것 이다.

"창 좀 빌려줘."

재환은 마무리를 지어야겠다고 판단했는지, 오른쪽에 서 있는 헌터에게 무기를 빌렸다.

창을 움켜쥔 재환은 방패를 내밀어 경계하며 오크 전사를 향해 천천히 접근했다.

"이제 그만 죽어라."

오크 전사는 더 이상 저항할 힘도 없다는 듯 멍하니 재환을 올려다봤다.

재환은 망설이지 않고 창을 내질러 놈의 목을 노렸다.

생존 본능에서인지 오크 전사가 얼른 고개를 뒤로 젖혔다.

하지만 그건 미약한 발악에 불과했고, 곧 날카로운 창이 오크 전사의 목을 꿰뚫었다.

끄륵, 꿀럭…….

쉴 새 없이 솟아나는 핏물이 기도를 막자, 오크 전사가 온몸을 바르르 떨었다.

그륵…….

잠시 후, 잘게 경련하던 오크 전사는 마지막 피거품을 토해내고는 그대로 쓰러졌다.

"와아! 우리가 이겼다!"

헌터들이 기쁨의 환호성을 내질렀다.

4. 아버지의 약값

성산병원 암 센터.

아침 이른 시간부터 병원 로비는 많은 환자와 보호자들로 붐볐다.

정숙은 남편의 진료 결과를 듣기 위해 기다리는 중이었다.

"정성훈 환자 보호자님, 들어오세요."

한참을 의자에 앉아 대기하고 있으려니, 이윽고 그녀를 부르는 소리가 들려왔다.

정숙은 간호사의 안내를 받아 얼른 진료실로 들어갔다.

불안과 희망이 한데 버무려져서 그녀의 심장을 짓눌렀다.

진료실 안에서는 흰 가운을 걸친 의사가 빠르게 차트를 넘기며 훑어보고 있었다.

"정성훈 보호자님, 이쪽에 앉으세요. 여기를 한 번 봐주시겠습니까?"

의사는 엑스레이 사진을 보여주며 들고 있는 볼펜으로 오른쪽 폐와 간 사이를 짚었다.

전에 비해 간과 폐에 검게 물든 부분이 넓어졌다는 걸 확연히 알아볼 수 있었다.

"아시겠지만, 전에 보여 드린 사진보다 감염 부위가 더 커졌습니다."

정숙의 얼굴 위로 그늘이 드리워졌다.

남편의 상태가 더 나빠졌다는 소리에 절로 시름이 깊어진 것이다.

하지만 나쁜 소식은 그게 끝이 아니었다.

"다른 기관으로 전이된 것도 상황이 안 좋습니다. 간 수치도 많이 떨어졌고, 신장 기능도 지난번 검사 때보다 더 낮아진 상태입니다."

차트를 들여다보며 이야기하던 담당의는 눈이 침침한지, 안경을 벗고는 오른손으로 미간을 문질렀다.

"이런 말씀을 드리게 돼서 정말 죄송합니다만……."

의사는 더없이 심각한 표정으로 정숙을 바라봤다.

"더 늦기 전에 해독제를 놓지 않으면 고블린의 혈액 독이

온몸에 퍼질 겁니다."

어렵사리 결과를 통보한 의사는 깊은 한숨을 토해냈다.

그로서도 이런 말을 하기가 쉽지는 않은 듯했다.

"지금까지야 중화제와 수혈로 어찌어찌 버텨왔지만, 이제 그것도 한계에 도달했습니다. 이 상태로는 길어야 3개월입니다."

최후통첩이라도 날리듯 담당의는 시한부 판정을 내렸다.

정숙은 눈가에 눈물이 그렁그렁 맺혔다.

그 힘든 10년의 세월을 어떻게 버텼는데, 지금에 와서 시한부 판정이라니.

정숙은 의사의 말을 받아들일 수가 없었다.

그동안 어떻게든 남편을 살려보겠다며 아등바등 애를 써왔다.

집을 팔고, 결혼 예물을 정리하고, 심지어 재식의 돌잔치 때 받은 금반지까지 팔아 치료비에 보탰다.

그뿐인가.

아침 일찍부터 거리에 나가 일을 했고, 조금이라도 더 돈을 벌기 위해 온갖 궂은일을 마다하지 않았다.

몸 파는 것 빼고 안 해본 일이 없을 정도였다.

그렇게 어린 재식마저 제대로 챙기지 못할 정도로 고생하며 버텨왔는데, 남은 시간이 고작 3개월이란 말에 정숙은 눈앞이 깜깜해졌다.

"선생님, 어떻게 방법이 없을까요? 저는 이렇게 남편을 보낼 수 없습니다. 뭔가… 다른 수가 있지 않겠습니까?"

정숙은 북받치는 서러움을 견디며 쥐어짜 내듯 말을 꺼냈다.

"죄송합니다, 어머님. 저희도 어쩔 도리가 없습니다. 전에도 말씀드렸다시피 정성환 환자는 몬스터 독에 너무 오랫동안 노출되어 이미 온몸으로 전이된 상태입니다. 애초에 이건 중화제나 수혈로 해결할 수 있는 문제도 아니었고요. 환자를 살릴 수 있는 방법은 해독제를 처방하는 것뿐입니다."

의사는 비싼 해독제를 권유하는 게 전부인 현실에 자괴감이 드는지 인상을 찌푸렸다.

"하아……."

정숙은 한숨을 푹 내쉬었다.

사실 그녀도 어느 정도는 짐작하고 있었다.

남편의 병수발을 해온 지 어언 10여 년.

남편에게 도움이 될 만한 거라면 뭐든 가리지 않았다.

그게 목숨을 걸고 가족을 지킨 남편에 대한 최소한의 도리였으니까.

하지만 그녀의 정성 어린 노력을 비웃기라도 하듯 남편의 상태는 점점 나빠지기만 했다.

급기야 3개월이라는 시한부 판정까지 받았으니, 하늘이

자신의 신세를 비웃는 것만 같았다.

얼마 전, 지쳐 가던 그녀에게 꿈같은 소식이 들려왔다.

남편과 같은 증상으로 입원한 환자가 있는데, 불과 한 달 만에 자리를 털고 일어나 건강하게 퇴원한 것이다.

그 이유가 궁금해서 담당의를 붙잡고 물었는데, 최근 몬스터의 혈액 독을 치료할 수 있는 해독제가 개발됐다는 걸 알게 됐다.

하지만 너무 귀해서 구하기도 힘들고, 가격도 어마어마하다는 것이었다.

정숙은 그날부터 해독제에 대해 수소문을 하고 다녔다.

그러다 한 제약 회사의 홈페이지에서 약에 대한 정보를 겨우 발견할 수 있었다.

해당 해독제는 제약사에서 만드는 게 아니라, 특별한 능력을 가진 헌터가 소량 제작해 납품하는 것이었다.

제약사가 공시한 금액은 7천만 원이지만, 수요에 따라 언제든지 변동될 수 있다고 적혀 있었다.

마음이 급해진 정숙은 다른 생각은 할 것도 없이 주문을 넣었다.

7천만 원이 적은 금액은 아니지만, 대출을 끼고 무리하면 어찌어찌 마련할 수 있는 금액이기 때문이었다.

하지만 정숙이 미처 돈을 구하기도 전에 가격이 치솟기 시작했다.

일주일도 지나지 않았는데 약값이 2억까지 오른 것이다.

문제는 그게 끝이 아니라는 점이다.

남편과 같은 증세를 보이는 환자는 전 세계적으로 널리고 널렸다.

그렇다는 건 지금 이 순간에도 해독제의 가격이 천정부지로 치솟고 있다는 말이었다.

정숙은 일가친척들에게 연락해서 어떻게든 돈을 빌려야겠다고 판단했다.

하지만 성훈이 병원 신세를 지게 될 때부터 매몰차게 돌아선 이들이 이제 와 도움을 줄 리 만무했다.

정숙은 어떻게든 돈을 빌리기 위해 손이 발이 되도록 빌고 또 빌었지만, 남보다 못한 혈육들은 매몰차게 쫓아내며 소금을 뿌려 댔다.

남편이 잘나갈 때는 그렇게나 살갑게 굴더니, 더는 빨아먹을 게 없다고 생각되니 바로 안면몰수를 한 것이다.

결국 정숙은 해독제에 대한 희망을 버리고 병원으로 돌아올 수밖에 없었다.

그런데 하늘은 그조차도 용납 못하겠다는 듯 잔인한 현실을 정숙에게 안겨주었다.

"정말 죄송합니다. 제가 신약의 안정성 테스트 결과를 기다리지 않고 바로 말씀드렸다면 좀 더 시간이 있었을 텐데… 어떻게든 도움이 되고 싶습니다만, 제 실력이 미천해 죄송할 따름입니다."

"아닙니다. 그런 말씀 마세요, 의사 선생님."

"그럼 앞으로 어떻게……."

의사는 조심스럽게 말을 꺼냈다.

연명 치료를 중단하고 퇴원할 건지를 묻는 것이리라.

"어떻게든 해독제를 구해봐야죠."

하지만 정숙은 단호하게 고개를 저었다.

*　　　*　　　*

헌터 협회.

로비 한쪽에 마련된 휴게실 안에서 한 떼의 사람들이 왁자지껄하게 대화를 나누고 있었다.

이들은 재식이 포함된 공대의 헌터들이었는데, 재환이 의뢰 결과를 보고하기 위해 자리를 비운 사이 시간을 때우기 위해 휴게실을 차지한 것이었다.

평소라면 간단하게 끝날 일이지만, 오늘은 많은 마정석과 몬스터 부산물을 챙긴 탓에 시간이 길어졌다.

"으아~ 기다리기 지겨운데… 누구 재미있는 썰 좀 풀어볼 사람 없나?"

좀이 쑤시는 모양인지, 주성이 주변을 두리번거리며 사람들을 닦달했다.

"그런 것보다 나는 오늘 수익이 얼마나 될지 궁금해서 미치겠다."

"그러게. 조금 더 사냥했으면 최하급 마정석을 하나씩 챙길 수도 있었을 텐데… 아쉽네."

지훈은 다리를 떨어 대며 한껏 기대감을 드러내자, 영표는 아쉽다는 듯 입맛을 다셨다.

"왜? 업자한테 넘기고 웃돈이라도 받을 생각이었어?"

"혹시 압니까, 협회보다 더 잘 쳐줄지……."

세 사람의 대화를 들으며 재식은 속으로 절대 그럴 리가 없다고 생각했다.

공대장이 마정석과 몬스터 부산물을 협회에 판매하는 건 다 이유가 있었다.

영표의 말대로 업자에게 판매하면 더 좋은 금액을 받을 수도 있겠지만, 위험 부담이 너무 크다.

재수 없게 사기를 당하는 일도 많지만, 여차하면 물건뿐만 아니라 목숨까지 잃을 수도 있었다.

어차피 임시로 구성된 공대라 의뢰가 끝나면 바로 헤어질 테고, 이후에 다시 같은 공대를 이룰 확률은 지극히 희박했다.

그러니 이렇게 바로 수익을 분배하는 게 최고였다.

"형님들, 심심하시면 제 얘기라도 들려 드릴까요?"

"오, 막내가 눈치가 빨라서 좋네. 그래서 썰의 종류는 뭐냐? 형님은 음담패설은 별로 안 좋아한다는 걸 미리 알아두고."

"하하, 전혀 그런 거 아니에요. 아마 듣고 나면 깜짝 놀라실 겁니다."

재식도 뛰어난 성과를 올렸다는 것에 기분이 고조되어 평소와 달리 적극적으로 대화에 참여했다.

그러면서 오늘 아침 에이스 헌터 숍에서 겪은 일에 과장을 덧붙여 늘어놓았다.

"와, 그게 정말이야?"

이야기를 들은 주성은 믿을 수 없다는 듯 눈을 동그랗게 떴다.

다른 헌터들도 새삼스런 눈빛으로 재식의 카타르에 한 번 더 눈길을 주었다.

한껏 콧대가 치솟은 재식은 내친김에 던전에서 벌어진 행운도 모두 자신 덕분이라고 주장했다.

"이야~ 그럼 오늘 우리가 운이 좋은 게 전부 재식이 덕분이었네?"

"그러게. 이거, 재식이에게 밥이라도 사야 되는 거 아냐?"

재식은 핀잔이 돌아올 줄 알았는데, 의외로 다들 기분 좋게 받아넘겨 주었다.

"아, 그러고 보니 마정석도 대부분 재식이가 찾지 않았나?"

"그러게. 아마 재식이가 절반 정도 찾았을걸?"

영표가 고개를 갸웃거리며 말을 꺼내자, 옆에 있던 지훈도 맞장구를 쳤다.

"하하, 이상하게 오늘은 운이 좀 좋더라구요."

재식은 처음과 달리 사람들이 자꾸 자신을 치켜세워 주자, 그제야 민망하다는 듯 뒤통수를 긁었다.

사실 제 스스로 자랑하듯 떠벌리기는 했지만, 오늘 하루 재식에게 엄청난 행운이 찾아온 것은 사실이었다.

기막힌 운빨로 마음에 쏙 드는 무구를 공짜로 얻었을 뿐 아니라, 헌터 협회의 의뢰를 성공적으로 마친데다 부수입도 풍족하게 거둬들였다.

고블린에게서 얻은 열다섯 개의 하급 마정석과, 오크에게서 챙긴 여섯 개의 하급 마정석, 거기에 어스 웜에게서 나온 중급 마정석과 가죽은 덤이었다.

물론, 기대와 다르게 오크 전사가 중급 마정석을 주지 않아서 조금 실망스럽긴 하지만, 그래도 중급 마정석에 버금갈 정도로 마정석의 크기가 컸기 때문에 기대해 볼 만했다.

"야, 그쯤 되면 운이 아니라 여신의 축복 같은 거 아니냐? 오늘 벌어진 일을 단순히 운이 좋다는 걸로 치부하긴 좀 그렇잖아."

"맞아, 맞아. 오늘 우리가 잡은 고블린 숫자만 봐도 정상은 아니지."

"그리고 부상당한 사람도 없고."

주성이 주변을 둘러보며 의견을 구하자, 다들 동의한다는 듯 고개를 끄덕이며 한마디씩 꺼냈다.

그때, 혼자 의자에 기대앉아 있던 헌터가 버럭 소리를 질렀다.

"야, 이것들아! 부상자가 왜 없어? 나는 부상자 아니냐!"

그는 오크 전사의 일격을 방패로 막아낸 사람이었다.

큰 충격을 받아 바닥을 구르며 정신을 잃기는 했지만, 다행히 어디 한 군데가 부러지거나 하지는 않았다.

그래도 일단 오늘 사냥에서 가장 큰 부상을 당한 사람이기는 했다.

"그냥 어깨가 좀 뻐근하다며? 운동 잘못했을 때 자주 느껴보던 통증이라고 하더니만……."

"그건 그냥 걱정하지 말라고 한 말이지, 타박상도 엄연히 부상인 거 몰라?"

"어휴, 사내새끼가 한입 가지고 두말하는 거야?"

"아, 됐어. 그래, 나 안 다쳤다. 됐냐?"

헌터는 답답하다는 듯 가슴을 펑펑, 내려치더니 한숨을 푹 내쉬었다.

"아무튼 고맙다, 자식아."

주성은 방긋 웃더니 재식의 머리카락을 마구 헝클었다.

그러자 다른 공대원들도 재식에게 달려들려 온몸을 주물

럭거렸다.

"나도 고맙다, 재식아."

"짜식, 다음에 또 만나도 모른 체하기 없기다?"

재식은 사방에서 날아드는 공격에 정신을 차릴 수가 없었다.

"아니, 형님들. 고맙다면서 사람을 두들겨 패는 건 또 뭡니까?"

처음에는 감사의 인사로 한 대씩 툭툭 건드리는 정도였지만, 점점 그 강도가 심해지자 볼멘소리를 꺼냈다.

"너무 고마우니까 그런다, 왜?"

"야~ 그러게 말이야. 재식이가 행운의 마스코트네."

"역시 그 말이 맞는 건가?"

"무슨 말?"

"뭐긴, 재수 좋은 놈 옆에 있으면 자다가도 떡이 생긴다는 말이지."

"응? 정말이네. 하하하!"

"하하하, 그럼 이제부터 재식이 별명은 재수 좋은 놈인가?"

오늘 헤어지면 언제 다시 만나게 될지 알 수 없는 인연이지만, 이들은 마치 정규 공대원들처럼 정을 쌓아 나갔다.

하루 만에 한 달 치 수익을 거두게 되었으니, 다들 기분이 좋은 것이리라.

"어? 저기 공대장님 오시네요."

그때, 재식이 재환을 발견하고는 얼른 말을 꺼냈다.

어떻게든 자신을 사정없이 두들겨 대는 헌터들의 마수에서 벗어나기 위한 발버둥이었다.

그러자 헌터들은 아무 일도 없었다는 듯 자리로 돌아가 앉았다.

재환은 공대원들 앞에 서서 차분하게 입을 열었다.

"먼저 다들 수고하셨습니다. 아무런 불상사 없이 의뢰를 마쳐 기쁘게 생각합니다."

"하하, 그게 모두 훌륭하신 공대장님의 빈틈없는 지휘와 재수 좋은 놈 덕분이죠."

"......?"

재환은 주성의 난데없는 칭찬에 잠깐 고개를 갸웃하더니, 이내 신경 끄고 할 말을 이어 나갔다.

"다들 오늘 수익이 얼마인지 기대하고 있으실 테니, 사냥하느라 수고했다든지 지시에 잘 따라줘서 고맙다든지 하는 얘기는 생략하겠습니다."

"어? 이미 다 하신 거 아닌가요?"

"아, 그런가요?"

재식의 태클에 재환이 겸연쩍은지 뒤통수를 긁적였다.

"푸하하, 공대장도 오늘 수익 때문에 넋이 나간 모양이네."

"하하하, 그러게 말이야."

"흠흠, 일단 앉아서 얘기하겠습니다."

헌터들의 말에 정곡을 찔린 듯 재환의 얼굴이 조금 붉게 달아올랐다.

"일단 시원한 음료부터 한잔하시죠."

"아, 고맙습니다."

그렇지 않아도 목이 말랐는지, 재환은 일회용 플라스틱 컵에 담긴 음료를 벌컥벌컥 들이켰다.

"크으~ 시원하다."

단숨에 음료를 비운 재환이 일회용 컵을 탁자 위에 올려 났다.

그러더니 품에서 열한 개의 흰 봉투를 꺼냈다.

봉투의 겉면에는 헌터 협회의 마크가 선명하게 찍혀 있었다.

"오늘 우리가 벌어들인 총 수익은 2억 8천8백만 원입니다. 그중 세금과 중개 수수료 등으로 4천2백만 원을 지불했고, 남은 돈이 2억 4천6백만 원입니다."

재환은 일회용 컵 옆에 하얀 봉투를 하나씩 쌓으며 천천히 오늘 수익에 대해 설명을 늘어놨다.

헌터 생활을 하며 이렇게 엄청난 수익을 올린 건 처음이라, 재식은 절로 입이 쩍 벌어졌다.

하루에 2천만 원이 넘는 돈을 벌어들인 것이다.

과장된 반응에 놀림감이 되는 건 아닌지 서둘러 주변을 둘러보니, 다른 헌터들도 상황은 마찬가지였다.

그러거나 말거나 재환은 담담히 말을 이어 나갔다.

"아, 오크 전사의 도끼도 팔기는 했는데, 사용하려면 재가공비가 들어간다기에 그냥 헐값에 처분했습니다."

"그럼 어스 웜의 가죽은 얼마나 쳐주던가요?"

재식은 재환이 부산물 처리에 대해 언급하자 얼른 질문을 던졌다.

의뢰비야 고블린을 잡은 수대로 받았을 테고, 마정석은 평균가로 계산하니 얼추 가격이 비슷했다.

그런데 생각보다 어스 웜의 가죽 가격이 낮게 책정된 모양이었다.

재식의 계산대로라면 어스 웜 가죽의 가격이 고작 6천만 원밖에 안 됐기 때문이다.

어스 웜의 가죽은 헌터들의 방어구를 만드는 데 애용되기 때문에 상당히 고가에 팔리는 부산물 중 하나였다.

"그것도 거의 거저 넘긴 거나 다름없습니다."

"왜요?"

"어스 웜이 새끼라 성체보다 덜 질기기도 하지만, 오크 전사가 난도질을 해놓은 탓에 어쩔 수 없었습니다."

재식은 납득한 듯 고개를 천천히 끄덕였다.

"걸레짝을 팔러 왔냐고 욕을 먹긴 했지만, 그래도 6천만 원은 받아낼 수 있었습니다.”

“우와, 그럼 제대로 된 가죽이라면 대체 얼마나 된단 소리야?”

“글쎄요. 못해도 억 단위는 받았을 것 같습니다.”

“허……..”

주성은 말문이 턱 막힌 듯 탄식을 내뱉더니, 천천히 고개를 돌려 재식을 바라봤다.

그러자 다른 헌터들의 시선도 자연스럽게 재식에게 몰렸다.

“봉투는 하나씩 가져가면 되는 거죠?”

“어, 그렇지. 다들 금액을 확인해 보십시오.”

이목이 집중되며 머쓱해진 재식은 얼른 자리에서 일어나 봉투 하나를 챙겼다.

“형님들, 그럼 전 먼저 들어가 보겠습니다. 다음에 또 뵐 수 있으면 좋겠습니다.”

재식은 휴게실을 나서며 봉투 안의 액수를 확인했다.

협회에서 발행된 천만 원짜리 수표 두 장과 오만 원 권, 열 장이 들어 있었다.

꿀꺽.

마른침을 삼킨 재식은 봉투를 품속에 단단히 챙기고 서둘러 헌터 협회를 벗어났다.

분주히 걸음을 옮기던 재식의 눈에 대형 스크린이 들어왔다.

　마침 그곳에서는 레이드 영상이 재생되고 있었다.

　하얀 털을 휘날리는 늑대 인간이 거대한 괴물을 향해 전력으로 내달리는 장면은 지나가는 사람들의 시선을 확 사로잡았다.

　재식 역시도 걸음을 멈춘 채 스크린에 시선을 고정했다.

　괴물이 검은 액체를 뱉어내자 늑대 인간은 몸을 날려 간발의 차로 회피했다.

　그러자 다시 한쪽에서 유려한 몸매의 검은 표범 한 마리가 모습을 드러냈다.

　표범은 괴물의 등을 타고 올라가더니, 놈의 뒷덜미를 사정없이 물어뜯었다.

　[크아악!]

　괴물은 고통에 찬 괴성을 내지르며 양손으로 표범을 움켜쥐려 했다.

　동료가 위기에 처하자 늑대 인간은 머리를 치켜들고 길게 울부짖었다.

　[아우우~]

　그와 동시에 나타난 두 명의 견인(犬人)이 괴물의 양팔을 물고 늘어졌다.

　한발 늦게 등장한 웅인(熊人)은 괴물의 허리를 껴안더니,

옴짝달싹 못하게 옥죄었다.

괴물은 거칠게 발악하며 어떻게든 벗어나려 애를 썼다.

그때, 늑대 인간이 다시 한 번 울부짖더니 괴물을 향해 빠르게 접근했다.

표범은 괴물의 숨통을 조이던 걸 멈추고 얼른 바닥으로 뛰어내렸다.

표범이 땅 위에 착지하는 순간, 늑대 인간이 교대하듯 뛰어올라 괴물의 목덜미를 꽉 물었다.

그러고는 몸을 비틀어 괴물의 살점을 뭉텅이로 뜯어냈다.

[크라락!]

상처에서 괴물의 검푸른 피가 치솟았다.

늑대 인간은 털이 피에 젖는 걸 개의치 않는다는 듯 무심한 표정으로 괴물의 살점을 뱉어냈다.

그러더니 완전히 끝장을 보겠다는 듯 다시 한 번 괴물의 목을 물었다.

그러자 몸을 바르르 떨던 괴물은 이윽고 사지를 축 늘어뜨리며 천천히 쓰러졌다.

반인반수들은 빠르게 괴물의 곁에서 멀어졌다.

[보고!]

늑대 인간이 시뻘건 핏물이 흐르는 입가를 손으로 훔치며 신경질적으로 외쳤다.

그러자 다른 동물들이 늑대 인간을 중심으로 모여들었다.

그러는 사이, 천천히 온전한 인간의 모습으로 되돌아갔다.

[백장미, 이상 없어요.]

조금 전까지만 해도 흑표범이던 존재가 흑발을 휘날리는 미녀로 바뀌었다.

[민태식, 이상무!]

[권효원, 이상무!]

귀를 쫑긋 세운 채 괴물의 팔을 봉쇄하던 견인들은 짧은 머리에 각진 얼굴을 가진 청년들이었다.

[이지웅, 나도 아무 문제 없어.]

마지막으로 변신이 풀렸음에도 2미터가 넘는 큰 덩치로 느긋하게 걸어오며 한 남자가 보고했다.

모두 이상 없다는 말에 늑대 인간도 천천히 변신을 풀었다.

영상은 변신이 풀린 흰머리의 사내를 클로즈업했다.

그러자 재식의 인상이 팍 구겨졌다.

"허~ 최충식, 저놈이 레이드를 뛰는 헌터라고?"

재식은 뜻하지 않게 학창 시절 자신을 괴롭힌 일진들 중 한 명을 보게 되자 울컥 화가 치밀었다.

전역 후, 친구들과의 술자리에서 최충식이 성신제약에서 개발한 BD(Beast DNA) 시술을 받고 중급 헌터가 됐다는 말을 들었다.

하지만 저렇게 광고판에 떡하니 얼굴을 노출시킬 정도로 유명해지리라고는 생각지도 못했다.

"젠장, 기분 잡쳤네."

저놈과 자신의 처지가 비교되자 더욱 입맛이 쓰게 느껴졌다.

오늘은 무엇 하나 아쉬울 게 없을 정도로 끝내주는 하루였다.

이런 행운이 지속된다면 자신도 유전자 시술을 받아 중급 헌터가 될 수 있겠다는 부푼 꿈도 꿨다.

그런데 불과 몇 분 만에 과거의 더러운 기억이 떠오르자, 기분이 팍 다운됐다.

재식은 씩씩거리며 애꿎은 돌멩이만 걷어찼다.

*   *   *

"다녀왔습니다."

재식은 집에 아무도 없다는 걸 알면서도 괜히 소리 내 인사를 했다.

"이제 오니?"

그런데 갑자기 어머니의 목소리가 들려오자 깜짝 놀라고 말았다.

"어휴, 깜짝이야. 엄마, 불이라도 좀 켜놓고 계시지… 아들 놀라서 까무라칠 뻔했잖아요."

"으응… 잠깐 생각 좀 하다 보니까, 시간이 지난 것도 몰랐네."

재식은 어머니의 목소리에 힘이 하나도 없다는 걸 깨달았다.

황급히 거실의 불을 켠 재식은 어머니의 얼굴을 살폈다.

"엄마, 어디 아프세요?"

"아니, 아픈 건 아니야."

"그럼 무슨 일 있어요? 평소라면 일할 시간인데 집에……."

재식은 말을 하다가 멈췄다.

그러고는 마른침을 꿀꺽 삼켰다.

혹시 진찰을 받는데 큰 병이라도 발견한 건 아닐까.

괜스레 불안한 마음이 든 재식은 황급히 어머니의 앞에 가 앉았다.

"엄마, 병원은 다녀오셨어요?"

"응. 병원 갔다가 몸이 안 좋아서 오늘은 일을 쉬었어."

재식은 숨을 훅 들이켰다.

심장이 두근거리고 머리가 어질어질했다.

"병원에서… 어디가 안 좋다고 했는데요?"

"그냥 빈혈이래. 며칠 푹 쉬고, 밥 잘 챙겨 먹으래."

"어? 빈혈?"

"그래."

재식은 그제야 속으로 안도의 한숨을 푹 내쉬었다.

다행히 어디가 크게 편찮으신 게 아니었다.

"그럼 오늘 저녁밥은 나가서 맛있는 거라도 먹을까? 오늘 수입이 괜찮았거든."

"재식아……."

"응? 어휴, 아들이 생색 좀 낼게. 얼른 나가자."

재식은 항상 버릇처럼 아들이 힘들게 벌어온 돈이라며 마다할까 싶어 얼른 먼저 자리에서 일어났다.

하지만 어머니는 자리에서 꿈쩍도 하지 않았다.

"에이, 어서 가자니까."

"재식아, 흑, 어헝……."

재식은 어머니를 부축해 일으키려 했다.

그 순간, 김정숙 여사가 갑자기 울음을 터뜨리더니 대성통곡을 했다.

"엄마, 갑자기 왜 이러세요? 응? 도대체 무슨 일인데?"

"어떻게 하면 좋으냐. 응? 어떻게 해……."

"그러니까, 도대체 뭘 어떻게 해야 되는데?"

영문을 모르는 재식은 답답할 수밖에 없었다.

아버지가 병원에 입원한 뒤로 재식은 어머니가 눈물짓는 걸 본 적이 없었다.

물론, 혼자서 숨죽여 우는 날은 많았지만, 이렇게 직접 마주한 상태에서 눈물 흘리는 일은 없었다.

"…아버지가 3개월밖에 못 산대."

순간, 재식은 망치로 뒤통수를 얻어맞은 것처럼 의식이 아득해졌다.

귀에서 윙윙거리는 소리만 들리고, 아무 생각도 떠올릴 수가 없었다.

그저 3개월이란 단어만이 머릿속에 가득 들어찼다.

재식은 천천히 고개를 돌려 달력을 확인했다.

오늘 날짜에 빨간 동그라미 그려져 있었다.

그건 어머니께서 아버지 정기 검사 결과가 나오는 날을 체크해 둔 것이었다.

"아버지가… 뭐?"

"의사가 그러는데, 아버지 상태가 많이 나빠져서 해독제를 놓지 않으면 위험하대. 흑, 흐흑……."

"해독제? 그것만 있으면 괜찮아지는 거야?"

김정숙 여사는 흐느끼며 고개를 끄덕였다.

"그게 얼만데, 몇 백? 몇 천?"

재식의 거듭된 질문에도 어머니는 고개를 저을 뿐이었다.

"얘기를 해봐. 도대체 얼만데?"

"최소 2억… 지금은 더 비쌀 수도 있어."

"뭐? 무슨 약이 그렇게 비싸?"

재식은 약값이 제아무리 비싸봐야 천 단위를 넘지는 않을 것이라 여겼다.

그래서 그동안 모아둔 돈과 오늘 번 수입까지 더하면 5천만 원은 될 테니, 약값은 마련할 수 있겠다 생각했다.

하지만 어머니가 언급한 액수는 재식의 예상을 훨씬 웃도는 금액이었다.

"그 약을 만드는 게 특별한 능력을 가진 헌터래. 그래서 소량만 생산하는데, 필요한 사람들의 수요가 늘면서 계속 비싸지고 있는 거야."

재식은 차마 말을 잇지 못하고 입만 뻐끔거리다 고개를 푹 숙였다.

'하하, 무슨 약값이 중급 마정석 두 개 가격이야…….'

"엄마, 일단 진정 좀 하세요. 어떻게든 돈을 마련해 봐야지."

"어떻게? 일가친척들도 다 나 몰라라 하는데 어떻게?"

"뭐? 엄마, 설마 그 새끼들 찾아갔어?"

재식은 유독 민감하게 반응하며 버럭 소리를 질렀다.

아버지의 병원비가 모자라 염치 불구하고 찾아갔음에도 들을 것도 없다며 내쫓은, 남보다 못한 인간들이었다.

"다른 방법이 없잖아… 대출을 받는다고 그 큰돈이 생기겠니."

재식이 이를 악물었다.

재식은 언제 죽을지 모르는 헌터라 거액의 대출은 불가능
했다.

　그건 일용직과 식당 주방 일을 전전하는 재식의 어머니라
해서 다르지는 않았다.

　사채를 끌어 쓴다고 해도 2억이 넘을 수도 있는 큰돈을
빌려줄 것 같지는 않았다.

　"일단 내가 모아둔 돈이랑 오늘 번 돈을 합치면 5천만
원은 돼. 엄마는?"

　"천만 원밖에……."

　모자가 합쳐서 6천만 원.

　절망적인 현실이었다.

5. 미발견 게이트 탐사

재식은 뜬눈으로 밤을 지새우다 날이 밝기 무섭게 헌터 협회로 향했다.

보통 일반 헌터들은 협회의 의뢰를 수행하고 나면 나흘은 쉬기 마련이었다.

하지만 재식은 사흘에 한 번 꼴로 의뢰를 받았다.

어머니의 일을 줄이고 아버지의 병원비에 보태면서 조금이라도 돈을 모으려면 어쩔 수 없는 선택이었다.

'조금만이라도 더 일찍 알았다면…….'

재식은 쓸데없는 생각이 떠오르자 얼른 고개를 흔들어 떨쳐 냈다.

어머니가 해독제가 출시됐다는 걸 알게 되신 건 얼마 전이었다.

그리고 담당의는 신약의 안정성이 확인될 때까지 기다리자고 했다 하니, 누구의 잘못도 아니었다.

아니, 가장 크게 잘못한 건 본인일 수도 있었다.

매일 마주치는 게 헌터인데, 누가 약을 만들어서 떼돈을 번다는 얘기를 지나치며 들었는지도 모를 일이었다.

'이러면 안 돼. 괜히 딴생각하다 부상이라도 당하면 정말 큰일이야.'

재식은 양손으로 자신의 볼을 강하게 때렸다.

얼얼한 통증과 함께 금세 붉게 달아올랐지만, 덕분에 당장 부정적인 생각들은 날려 버릴 수 있었다.

재식은 에이스 헌터 숍에 들러 빠르게 방어구를 대여하고, 협회의 정문을 통과해 건물 안으로 들어섰다.

그런 후, 곧장 의뢰를 골라 임시 공대를 신청했다.

아침 일찍부터 나온 탓인지 임시 공대가 꾸려지지도 않을 정도의 인원만이 휴게실에서 대기 중이었다.

재식은 그들과 간단하게 통성명을 나눴다.

임시 공대가 꾸려지는 건 신청 순서대로다.

이들 중에 일반 헌터가 아닌 사람이 있다면 모를까, 그게 아니라면 오늘 사냥을 함께할 동료가 될 가능성이 높았다.

재식은 사람들을 슬쩍 둘러본 후에 간단히 몸을 풀었다.

그런데 의자와 부딪쳐 소음이 발생하자, 한 남자가 인상을 잔뜩 찌푸리며 불만을 쏟아냈다.

"거참, 아침부터 정신 사납게 굴지 말고, 좀 진득하게 앉아서 기다리면 안 돼?"

"죄송합니다. 오늘 처음 써보는 방어구라 조금 적응을 하느라……."

재식은 급히 고개를 숙이며 사과했다.

그러자 남자는 피식 웃음을 터뜨렸다.

"괜히 여기서 힘 뺐다가 고블린 놈들한테 두들겨 맞지 말고, 앉아서 쉬는 게 어때?"

"걱정해 주셔서 감사합니다."

재식은 남자의 핀잔 섞인 조언에 고개를 저었다.

평소보다 조금 더 고가의 방어구를 대여했기 때문에 움직이는 게 조금 어색했다.

그렇기에 서둘러 감각을 익혀두고 싶었다.

하지만 다른 이들의 휴식을 계속 방해할 수도 없는 노릇이라 휴게실에서 나와 협회 로비의 구석진 곳으로 자리를 옮겼다.

"어휴, 몇 번을 움직여 봐도 익숙해지지가 않네."

재식은 움직임의 어색함을 느끼며 고개를 저었다.

오늘 재식이 대여한 방어구는 주요 부위만 가리는 형태가 아니라, 전신을 모두 감싸는 갑옷이었다.

관절 부위에 신경을 많이 써서 움직임에 제약을 줄였지만, 답답한 느낌마저 지울 수는 없었다.

그럼에도 재식은 이 갑옷을 고른 이유가 있다.

비록 구형이기는 해도 힘과 체력을 보조해 주는 인공 근육이 장착돼 있기 때문이다.

재식은 인공 근육의 보조를 받으면 쉽게 지치지 않을 거라 판단했다.

그럴 수만 있다면 어제와 같은 행운을 맞이했을 때, 조금 더 사냥을 이어 나갈 수 있을 것이다.

뭐, 그전에 이 갑옷에 익숙해져야 하겠지만.

최신형 아머는 사용자의 감각을 교란시키지 않도록 보조해 주는 인공지능이 탑재되어 있지만, 재식은 구형 아머를 선택했다.

최신형 아머는 뛰어난 성능만큼이나 대여비가 비싸기 때문이었다.

지금은 어떻게든 돈을 벌어야만 했다.

의사가 길어야 3개월이라 말했으니, 그전에라도 아버지의 상태는 얼마든지 악화될 수 있으니, 최대한 빠르게 해독제를 구입해야만 했다.

마지노선으로 정해둔 기간은 한 달.

그때까지 재식은 쉬지 않고 의뢰를 받을 계획이었다.

어제처럼 운수대통한 날이 이어진다면 불가능하진 않겠지

만, 솔직히 그건 욕심에 불과하다는 걸 스스로도 잘 알았다.

그렇다면 요행을 바라지 않고 노력으로 메우면 될 일이었다.

하루 400만 원씩 30일, 거기에 1주일 정도 똑같이 더 일을 한다면 희망이 보였다.

방어구 대여비를 차감하면 하루에 600만 원을 벌어야 하겠지만, 그만큼 더 움직이면 될 일이었다.

남들이 한 마리를 잡을 동안 두세 마리씩 잡으면 그만큼 수익을 올릴 수 있을 것이다.

아니, 무슨 일이 있어도 그렇게 해야 한다.

그래서 재식은 무기 대여비로 아낀 금액을 방어구에 과감하게 투자한 것이었다.

[라이온 공대가 임시 공대원을 모집하고 있습니다. 다시 한 번 말씀드립니다. 라이온 공대에서 임시 공대원을 모집하고 있습니다. 참가를 원하시는 헌터분은 휴게실에서 김이원 공대장을 찾으십시오.]

재식이 한참 몸을 움직이고 있을 때, 스피커를 통해 안내 방송이 흘러나왔다.

재식이 황급히 휴게실로 돌아가 보니, 헌터들이 한 남자 앞에 줄을 서 있는 게 보였다.

아무래도 그가 라이온 공대를 이끄는 공대장인 모양이었다.

재식은 줄의 맨 끝으로 가서 섰다.

"아저씨는 안 돼. 레벨이 이게 뭐야? 헌터 경력은 2년이 넘었는데, 레벨이 고작 10인 게 말이 된다고 생각해?"

가만히 서서 자신의 차례를 기다리는데, 갑자기 앞쪽에서 소란스런 소리가 들려왔다.

"미리 말해두는데, 레벨 15도 안 되는 사람을 받을 생각은 없어. 그러니 자격 미달은 알아서 빠지는 게 좋을 거야."

김이원은 거만한 성격을 숨김없이 드러냈다.

그러자 줄을 서고 있던 사람들이 대거 이탈해 자리로 돌아가 버렸다.

레벨이 부족하다기보다는 김이원의 싸가지 없는 태도에 질려 돌아서는 모양새였다.

하지만 지금 재식은 찬밥, 더운밥을 가릴 처지가 아니었다.

사람들이 빠진 탓에 재식의 차례는 확 앞당겨졌다.

심사는 빠르게 진행됐고, 어느새 재식의 앞에는 한 사람만이 남게 됐다.

"애매~하네. 경력은 1년, 레벨은 18이라……."

현재까지 모인 라이온 공대의 인원은 여덟 명.

만약 앞사람이 탈락한다면, 재식이 선발돼도 라이온 공대는 한 명을 더 모집해야 한다.

현재 재식의 뒤에는 아무도 없으니, 바로 사냥을 나설 수가 없는 것이다.

그런 점을 고려했는지, 공대장의 옆에 앉은 남자가 불만을 터뜨렸다.

"이원아, 그냥 대충 좀 뽑아라. 이러다 날 새겠다."

"공대장은 나야. 그러니 아가리 좀 닥쳐 줄래?"

"에이, 시발. 더러워서 못 살겠네⋯ 내가 중급 헌터 자격증만 따면 이딴 공대 당장 나가고 만다."

공대원을 쏘아붙이긴 했지만, 김이원 역시 현재 상황을 파악하고는 마지못해 말을 꺼냈다.

"일단 통과. 그런데 뒤에 있는 사람이 탈락하면 같이 퇴짜입니다."

"⋯네."

남자는 불안하다는 듯 힐끗 재식을 훑어보더니 자리를 비켜줬다.

"이름."

"정재식이라고 합니다."

"포지션은?"

"근접 딜러입니다."

다른 이들이 먼저 질문에 답하는 걸 봤기 때문에 재식은 막힘없이 대답을 이어 나갔다.

"경력은?"

"6개월입니다."

"오~ 신입이야?"

그 말에 방금 전 불만을 터뜨린 남자가 대화에 불쑥 끼어들었다.

"야, 김상식. 아까부터 월권행위가 지나치지 않냐? 왜 자꾸 공대장 하는 일이 끼어들어?"

"쳇, 나는 내 감상도 얘기 못하나?"

"이게 마지막 경고니까, 알아서 해. 그래서 신입, 레벨은 얼마야?"

"20입니다."

순간, 김이원의 눈초리가 가늘어졌다.

"진짜 20이야?"

"네."

일반 헌터가 반년 만에 20레벨을 달성하는 건 꽤나 빠른 성장임에는 틀림없다.

그렇기에 의심이 생기는 건 당연한 일이었다.

"브레슬릿 좀 보자."

"네. 여기 있습니다."

재식은 떳떳하기 때문에 자신 있게 자신의 정보 화면을 띄워 팔을 내밀었다.

재식의 정보를 확인한 김이원은 고개를 끄덕였다.

"좋아, 이걸로 열 명. 어서 출발하자고."

공대의 최소 인원을 충족한 김이원은 자리를 털고 일어났다.

그러더니 곧장 휴게실을 빠져나갔다.

협회에 인원 모집이 완료됐다는 걸 보고하기 위해 잠시 자리를 비운 것이었다.

그러자 김상식이 재빨리 재식에게 접근했다.

"반갑다. 난 저 싸가지 없는 공대장 놈을 친구로 둔 김상식이다. 언뜻 보니까 나보다 어린 것 같은데, 편하게 말해도 되지?"

이미 말을 놓고 있지만, 재식은 군이 그와 척을 질 필요가 없다고 생각해 고개를 끄덕였다.

"그러세요."

재식과 통성명을 마친 김상식은 다른 인원들에게도 다가가 인사를 건넸다.

잠시 후, 김이원 공대장이 다시 휴게실로 돌아오더니, 사람들을 불러 모았다.

"보고 끝났으니까, 다들 가자고."

"어? 브리핑은 없습니까?"

재식이 이상하다고 여기고 질문을 던지려던 찰나, 다른 헌터가 먼저 말을 꺼냈다.

아무리 익숙한 의뢰를 수행하는 임시 공대라지만, 브리핑을 빼먹는 건 이해하기 힘든 처사였다.

"하아~ 이봐요, 우리가 상대할 몬스터는 최하급인 고블린이나 마력에 오염된 돌연변이 쥐야. 다들 상대하는 법 몰라? 굳이 다시 설명할 필요가 있냐고."

질문에 답한 건 공대장이 아닌 김상식이었다.

하지만 친구의 말에 동의한다는 듯 김이원도 아무 말 없이 질문을 꺼낸 헌터를 바라봤다.

'하, 이거 아무리 임시 공대라지만, 완전 막장이잖아?'

재식은 얼른 공대원들의 표정을 살폈다.

기존의 라이온 공대원으로 보이는 사람들은 이제 초탈했다는 듯 한숨을 푹푹 내쉬고 있었다.

반면, 임시로 공대원이 된 사람들은 하나같이 표정을 굳히며 우려를 드러내는 중이었다.

잠시 대화가 중단되고 불편한 침묵이 공대원들 사이에 맴돌았다.

"그래서 설명이 필요하다고?"

김이원은 몹시 귀찮다는 듯 인상을 잔뜩 찌푸렸다.

"아니오, 그냥 갑시다."

질문을 던진 헌터는 여기서 브리핑을 요구해 봤자 좋은 소리를 듣지 못한다는 걸 느꼈다.

'이름은 상식인데, 사람 간의 기본 상식은 부족한가…….'

아무리 최약체의 익숙한 놈들이라고 하지만 몬스터는 몬스터였다.

방심하지 않고 전투에 임해도 사망자가 발생하는 판인데,

브리핑을 하지 않는다는 건 너무 안일하기 그지없는 생각이었다.

그렇다고 김상식이나 김이원이 최하급 몬스터 정도는 눈 감고도 상대할 수 있을 정도의 헌터는 아닐 것이다.

그만한 실력을 가진 이들이 할 일 없이 최하급 몬스터나 상대할 이유도 없거니와, 그들이 착용한 장비도 대여점에서 자주 보던 일반 헌터 수준의 물건들이었다.

아무리 임시 공대가 복불복이 심하다고 하지만, 이건 그 수준을 훨씬 뛰어넘었다.

돈이 급하지만 않았다면 이런 분위기의 공대는 결코 거들 떠보지도 않았을 것이다.

'제발 큰 사고만 나지 마라.'

재식이 제발 오늘 하루를 무사히 넘길 수 있기를 속으로 기도했다.

* * *

몬스터와의 전투는 예고 없이 이루어졌다.

"으라차!"

키엑!

"김상식, 까불지 말고 빨리 마무리해!"

라이온 공대는 신림역 출입구로 들어가 안전지대를 벗어

난 지 10분도 되지 않아 고블린 무리와 조우했다.

아니, 기습을 받았다는 게 정확한 표현일 것이다.

헌터 협회에서 이미 예상한 바지만, 공대장인 김이원과 김상식은 무슨 할 말이 그리 많은지 쉬지 않고 대화를 주고받았다.

몬스터 출몰 지역에 들어서면 최대한 소음을 줄이는 게 기본 상식인데, 두 사람은 완전 낙제생 수준이었다.

정말 어떻게 저런 인간이 공대장이 될 수 있었는지 미스터리가 아닐 수 없었다.

어쨌든 훌륭하신 공대장 덕분에 재식은 헌터 생활 6개월 만에 처음으로 고블린들에게 기습을 당하는 황당한 경험을 할 수 있었다.

그나마 다행이라면 고블린의 기습에 목숨을 잃을 정도로 형편없는 실력의 멤버는 없다는 점이었다.

"새끼가 어딜!"

김상식이 짧은 단도를 들고 달려드는 고블린을 방패로 막아낸 뒤, 그대로 팔을 휘둘러 실드 어택을 날렸다.

그러자 고블린은 큰 충격을 받아 뒤로 날아가 바닥을 굴렀다.

놈이 해롱거리며 정신을 차리지 못하자, 김상식은 느긋하게 다가가 고블린의 가슴에 검을 꽂았다.

"다음은 어떤 놈을 상대해 볼까~"

김상식은 여유롭게 한 마리의 고블린을 처리하고는, 장난감 고르듯 다른 고블린을 찾아 이동했다.

그 태평스런 모습에 재식은 목구멍까지 튀어나온 쌍욕을 꿀꺽 삼켰다.

재식은 방금 전까지 고블린 두 마리의 합공을 막아내며 힘겹게 싸웠다.

다른 공대원들도 상황은 마찬가지였는데, 김이원이나 김상식은 도와줄 생각은 안 하고 산책 나온 것마냥 느긋하기만 했다.

이럴 거면 공대는 왜 모집했나 모를 정도였다.

'제길, 조금 기다리더라도 다른 공대를 찾아볼 걸 그랬나?'

설마 이렇게 엉망이리라고는 생각지도 못했다.

"합류하겠습니다!"

결국 보다 못한 재식은 위태로워 보이는 공대원에게 다가가며 외쳤다.

"땡큐!"

고블린 두 마리의 집요한 공세에 연신 밀리던 헌터가 방패를 크게 휘둘러 위기에서 빠져나왔다.

그사이, 재식이 합류해 일대일 상황이 만들어졌다.

헌터는 숨을 헐떡이면서도 감사의 인사를 전했다.

"이대로 죽는 줄 알았는데… 정말 고맙다."

"다 돕고 사는 거죠. 빠르게 정리하고 다른 분들을 돕죠."

재식은 어깨를 으쓱해 보이며 별일 아니라는 투로 말했다.

키에엑!

상황이 불리해지자 고블린은 위협하듯 낮게 울부짖었다.

"어휴, 저거나 빨리 해치우자. 이러다 다른 놈들까지 몰려오겠어."

"네, 알겠습니다."

재식은 그와 보조를 맞춰 천천히 목표로 삼은 고블린에게 다가갔다.

그러자 고블린들이 먼저 두 사람에게 달려들었다.

가슴을 노리고 찔러오는 고블린의 칼.

재식은 침착하게 카타르를 휘둘러 놈의 공격을 바깥으로 튕겨냈다.

그 순간, 고블린의 자세가 크게 흔들렸다.

재식은 그 틈을 놓치지 않고 빠르게 파고들어 놈의 심장에 카타르를 박아 넣었다

카타르를 통해 전달되던 떨림이 사라지자, 재식은 놈의 숨통이 끊어졌음을 확신했다.

생각보다 쉽게 고블린을 처리한 재식은 동료 헌터를 돌아보았다.

헌터는 재식과 달리 고블린을 상대로 쩔쩔매고 있었다.

연신 방패를 두들겨 대는 고블린의 칼질에 반격은 꿈도 꾸지 못하는 듯했다.

재식은 헌터를 돕기 위해 고블린의 등 뒤로 돌아갔다.

키엑?

고블린은 재식이 다가가자 위기를 감지했는지 갑자기 몸을 빙글 돌렸다.

"늦었다, 이놈아."

하지만 재식은 놈이 미처 방비를 하기도 전에 양손의 카타르를 가슴에 찔러 넣었다.

"으아압!"

그런 후, 세찬 기합성과 함께 그대로 들어 올렸다.

허공에 떠서 바르르 몸을 떨어 대던 고블린은 이내 사지를 축 늘어뜨리며 숨이 끊어졌다.

카타르를 빼내자 고블린은 힘없이 바닥에 쓰러졌다.

고블린 두 마리를 순식간에 처리한 재식은 천천히 호흡을 고르며 전장을 둘러봤다.

고블린 무리와의 전투는 슬슬 정리가 되어가는 추세였다.

재식의 활약상을 지켜본 헌터는 놀랍다는 듯 말을 걸어왔다.

"이야~ 너, 실력이 대단한데?"

"감사합니다."

"감사는 무슨. 그나저나 개판이네……."

남자는 어딘가를 뚫어져라 노려보며 혀를 내둘렀다.

뭔가 싶어 재식도 그쪽으로 고개를 돌렸다.

그곳엔 미친놈이 있었다.

광견 한 마리가 침을 질질 흘리며 고블린을 물어뜯는 장면이 절로 연상됐다.

그도 그럴 것이, 김상식의 손에 들린 무기는 분명 검인데, 몽둥이를 휘두르듯 고블린을 내려치고 있었기 때문이다.

"으하하! 죽어, 죽어!

재식은 저도 모르게 고개를 절레절레 흔들었다.

"이건 복불복이 아니라 그냥 꽝을 뽑은 거 아닐까요?"

"나는 꽝이라도 뽑아야 할 판이었어. 돈이 급하거든."

"저도요……."

"그럼 서로 동지를 만난 건가?"

"뭐, 어차피 아침 일찍부터 나온 헌터들은 다 마찬가지일 테니까요."

"푸하하, 그건 또 그러네."

두 사람은 의기투합한 듯 한가하게 이야기를 주고받았다.

그때, 재식은 저 멀리서 새로운 고블린 무리가 다가오는 걸 발견했다.

"다른 고블린 무리가 접근 중입니다!"

마침 상대하던 고블린의 숨통을 끊어낸 김이원이 재식의 외침에 고개를 홱 돌렸다.

"에이, 시발. 뭐 맡겨둔 거라도 있어? 벌써 나타나는 이유가 뭐야?"

"뭐, 어때. 오는 족족 죽이면 그만 아냐? 귀찮게 이동할 필요도 없고, 좋네."

피떡이 돼 쓰러진 고블린의 시체 위로 오른발을 올린 채 숨을 몰아쉬던 김상식이 피식 웃으며 혀로 입술을 핥았다.

"다들 빨리 마무리 지어. 괜히 합류할 때까지 질질 끌다가 뒈지지 말고."

김이원은 굳이 안 해도 될 말을 꺼내 공대원들의 신경을 긁어 댔다.

"어휴, 말도 참 더럽게 하네."

"그러게요. 진짜 다시는 저 사람과 같이 사냥을 하면 안 되겠어요."

재식은 헌터와 속삭이듯 불만을 늘어놓으며 고블린과의 전투에 대비했다.

＊　　　＊　　　＊

"우엑, 우웨엑!"

김상식은 연달아 이어진 고블린과의 전투가 끝나자마자

한쪽으로 달려가 구역질을 해 댔다.

아침에 먹은 걸 모두 게워낸 그는 입가에 묻은 토사물을 팔로 거칠게 닦았다.

"제길, 오늘 이 새끼들이 뭘 잘못 먹었나, 왜 이렇게 미친 듯이 달려들어?"

김상식이 인상을 잔뜩 구기며 중얼거렸다.

아닌 게 아니라, 무슨 이유에서인지 모르겠지만, 요즘 들어 고블린들의 행동양식이 크게 변화했다.

무리의 숫자도 늘어났거니와, 출현 빈도가 증가한 것이다.

"이원아!"

상식의 부름에 김이원이 시큰둥한 표정으로 다가왔다.

"왜? 등이라도 두드려 주리?"

"닥쳐, 새끼야. 그보다… 아무래도 조짐이 이상하다."

"뭐가?"

김이원은 짐작 가는 바가 전혀 없는지 고개를 갸우뚱거렸다.

그 한심한 모습에 김상식은 이마를 짚으며 한숨을 푹 내쉬었다.

"고블린들이 평소보다 많은 숫자로 돌아다니는 게 정상은 아니잖아."

김상식은 지하철 던전 내 세력 구도에 변화가 일어났을 가능성이 높다고 판단했다.

그게 아니라면 이렇게 많은 수의 고블린이 빈번하게 등장하는 걸 설명할 수 없었다.

처음에는 한 번에 많은 수의 고블린을 잡을 수 있다는 생각에 나쁘지 않다고 여겼다.

하지만 한 무리의 고블린을 처리하기도 전에 두 번째, 세 번째 무리가 연이어 나타나는 바람에 쉬지도 못하고 전투를 벌여야만 했다.

그나마 새로 충원한 임시 공대원들이 기본 이상은 하는 헌터들이어서 망정이지, 그게 아니었다면 전멸을 면치 못했을 게 분명했다.

짧은 시간에 연속해서 전투를 벌이다 보니 다들 많이 지쳤다.

한 번은 전위가 무너지며 위험에 노출된 순간도 있었다.

다행히 고블린들이 파고들기 전에 근접 딜러들이 막아섰기에 위기를 넘길 수 있었다.

"오늘은 이만하고 돌아가자. 잘못하다간 다 죽게 생겼다."

김상식은 첫 번째 무리에게 기습당했을 때 보인 것과 달리 자신감이 떨어진 모습을 보였다.

"짜식, 겁나냐?"

"야, 누가 겁나서 이러겠냐? 딱 봐도 고블린 새끼들이 이상하잖아."

"…가까이 와봐."

김이원이 손짓하며 김상식을 부르더니, 속삭이듯 작게 말했다.

"왜 그러는데?"

"실은 공대장들 사이에서 지하철 어딘가에 미발견 게이트가 있을지도 모른다는 소문이 돌고 있거든."

대격변 이후, 서울 시내의 지하철은 최하급 몬스터인 고블린들의 주 서식지가 되어버렸다.

고블린 자체는 그리 위협적이지도 않고, 정기적으로 헌터들이 사냥을 하며 개체수를 줄이기에 딱히 문제가 되지는 않았다.

그러나 요즘 들어 고블린들이 이상 행동을 보인다거나 꾸준한 사냥에도 개체 수가 줄지 않는다는 얘기가 암암리에 퍼지고 있었다.

그건 기존의 고블린 무리 외에 다른 곳에서 유입되는 개체가 있을 거라는 추론을 낳았다.

그래서 미발견 게이트가 등장했으리라 추측하는 것이었다.

"그럼 게이트에서 고블린이 나오는 건가?"

"그뿐이겠냐? 고블린 놈들이 쪽수를 늘려서 돌아다니는 이유가 뭔지 생각해 봐."

"그야… 제 놈들보다 강한 놈들이 나와서?"

미발견 게이트만 끼워 넣으면 모든 정황들이 무리 없이 설명됐다.

김이원은 어쩌면 소문이 사실일지도 모른다는 생각이 들

었다.

"그럼 우리가 한 번 찾아보는 건 어때?"

김이원이 욕심 가득한 표정으로 씨익 웃었다.

헌터 협회에서는 미발견 게이트를 신고하면 두둑한 포상금을 지급한다.

그렇기에 김이원은 그걸 노리는 것이었다.

"음, 좋은 기회이긴 한데… 우리끼리 할 수 있을까?"

김이원의 의중을 파악한 김상식이 마른침을 꿀꺽 삼켰다.

만약 게이트의 존재가 사실이라면, 그건 커다란 기회가 될 수 있었다.

발견 포상금뿐 아니라 향후 게이트에서 산출되는 모든 수익의 일정 금액을 받을 수 있기 때문이다.

아직 이유가 밝혀지진 않았지만, 게이트 내부의 몬스터는 예외 없이 마정석을 품고 있다.

게다가 동일한 몬스터라도 게이트 내부의 개체에서 얻게 되는 마정석의 등급이 훨씬 높았다.

예를 들어 게이트 밖의 고블린에게서 최하급 마정석을 얻을 수 있다면, 게이트 내부의 고블린은 하급 마정석을 품고 있다는 식이었다.

그러니 미발견 게이트를 찾아내기만 한다면, 그 수익은 가히 천문학적일 게 분명했다.

"발견 포상금만 무려 억 단위야. 게다가 나중에 들어올 수익을 생각하면 돈방석에 앉는 건 물론이고, 일약 스타가 될 수도 있을걸?"

김상식은 이미 지친 상태였기에 어서 빨리 돌아가서 쉬고 싶은 마음이 컸다.

그런데 김이원의 얘기를 듣다 보니 점점 욕심이 생겼다.

솔직히 1%의 수익 분배만 받아도 엄청난 금액이었다.

현재 발견된 게이트들 중 가장 적은 수익을 낸 게이트도 800억이 넘으니, 최소 8억 이상은 받을 수 있다는 말이었다.

"정신 차려, 인마. 언제까지 일반 헌터들이랑 놀 건데? 우리도 한 번 이름을 날려봐야 할 것 아냐."

김이원은 돈과 명예를 한꺼번에 움켜쥘 기회를 포기할 생각이 전혀 없어 보였다.

김상식 역시 흥미가 동했지만, 그래도 여전히 주저되는 바가 있었다.

"아니, 그래도 방금까지 미친 듯이 싸웠는데… 꼭 지금 가야겠냐? 다음번에 찾아봐도 되는 거 아냐?"

"그럼 늦을 수도 있어. 만약 고블린이 주로 나오는 게이트라면, 그 안의 보스 몬스터라고 해봐야 오크 정도일 거라고."

김상식이 보기에 김이원은 이미 욕심에 눈이 돌아간 상태였다.

괜히 더 말을 해봐야 마음을 돌리지 못할 것이다.

그럴 바엔 차라리 어느 정도 장단을 맞춰주는 게 현명한 선택이었다.

"하아… 그래, 가자. 내가 진짜 이번에 돈 왕창 벌어서 이 거지 같은 공대 나가고 만다."

"그래, 잘 생각했다. 이제 저놈들을 설득해야 되는데, 옆에서 지원사격 잘해라."

"대신 일이 잘못되면 책임은 네가 다 져야 해."

"어이구~ 걱정도 팔자다, 새끼야."

＊　　　＊　　　＊

라이온 공대는 지금까지와는 전혀 다른 모습으로 조심스럽게 앞으로 나아갔다.

저벅저벅.

가급적 기도비닉을 유지하기 위해 최선을 다하고 있지만, 신경이 날카롭게 곤두선 김이원의 귀에는 공대원들의 발소리가 천둥소리처럼 들렸다.

"좀 더 조심히 걸어."

한껏 소리를 죽여 주의를 주지만, 그럼에도 발소리보다는 컸다.

결국 개차반 같은 성격은 버리질 못하는 것이었다.

재식은 여전히 대책 없는 김이원의 모습에 절로 한숨이 나왔다.

'돈을 더 주겠다는 말에 찬성하기는 했지만, 정말 상종 못할 인간이네. 진짜 미발견 게이트만 발견하면 포상금 받고 바로 빠져야겠다.'

재식은 비록 라이온 공대의 정식 공대원은 아니지만, 그래도 발견 포상금으로 몇 천만 원은 받을 수 있다.

그런 까닭에 위험한 걸 알면서도 김이원의 탐사 제의를 거부하지 않았다.

"자, 조금만 더 가면 사당역이다. 다들 긴장 놓지 마."

사당역은 2호선과 4호선이 교차하는 환승역이다.

그 말인즉, 지금까지보다 더 위험하다는 뜻이었다.

그때, 앞서 걸어가던 김상식이 뭔가를 발견한 듯 손가락으로 한 방향을 가리키며 조용히 말했다.

"오크 시체다."

"뭐? 오크라고? 어디에 있는데?"

김상식은 손전등을 꺼내 자신이 가리킨 쪽을 비췄다.

재식은 그 어이없는 행동에 인상을 잔뜩 찌푸렸다.

그건 다른 공대원들도 마찬가지였다.

어두운 지하철 선로에서 손전등이라니, 그건 자신의 위치를 몬스터들에게 알리는 자살행위나 다름없었다.

기왕 손전등까지 켠 마당에 주변을 경계하는 의미가 없어지자, 재식은 성큼성큼 오크 시체로 다가섰다.

"오! 막내, 용감한데?"

"그러게. 이거, 완전 슈퍼 루키네."

재식의 과감한 행동에 다른 헌터들도 뒤를 우르르 따랐다.

본디 오크는 지하철 던전에서 상위 포식자에 속한다.

그런 오크가 죽어 있다는 것은 그보다 강한 몬스터가 출현했다는 증거였다.

재식과 헌터들은 오크의 시체를 확인하고 나서 아무런 말도 꺼낼 수 없었다.

왜냐하면 오크는 머리만 덩그러니 남아 있고, 그 외의 신체는 찾아볼 수 없었다.

이는 절대 고블린의 소행이 아니었다.

만약 고블린이라면 머리만 따로 남겨둘 리가 없다.

딱히 전투의 흔적을 찾아볼 수 없는 점으로 미루어 보아 오크 간의 다툼도 아닌 듯했다.

도대체 오크를 이렇게 잔인하게 죽일 수 있는 존재가 있다는 것이 잘 믿어지지 않았다.

모두가 두려움에 젖어 할 말을 잃은 사이, 주변을 두리번거리던 김이원이 말을 꺼냈다.

"음, 이 근처가 확실하겠군."

김이원은 게이트를 찾는다는 욕심에 전혀 두려움 따위는 느끼지 못한다는 기색이었다.

김상식도 손전등으로 주변을 꼼꼼히 비췄지만, 게이트의 흔적은 전혀 찾을 수 없었다.

"일단 여기를 기점으로 주변을 살펴보는 게 좋겠지?"

김상식의 제안에 김이원은 말없이 고개를 끄덕였다.

그러더니 공대원들을 세 팀으로 나눴다.

김이원과 김상식이 기존 라이온 공대원 한 명을 더해 팀을 짜고, 남은 정규 공대원 셋이 또 한 팀, 마지막으로 임시 공대원 넷이 한 팀을 이뤘다.

"무엇을 발견하든 간에 무조건 10분 뒤에는 이곳으로 돌아와라. 그럼 우리 먼저 간다."

공대장인 김이원은 지금까지 걸어온 진행 방향대로 전진했다.

남은 라이온 공대원 팀과 임시 대원 팀은 역사 주변을 먼저 살피기로 했다.

"다들 살아서 만납시다."

재식이 선로로 내려서자 라이온 공대원 중 한 명이 슬쩍 격려의 말을 던졌다.

"그래야죠. 죽어서 포상금도 못 받으면 억울할 테니까요."

사실 겨우 서너 명의 인원으로 던전을 수색한다는 건 미친짓이었다.

이 정도 인원이라면 작은 고블린 무리를 상대하는 것조차 위험했다.

하지만 돈에 눈이 먼 이들에게 불가능은 없었다.

6. 변화

얼마나 걸었을까.

재식은 4호선 선로 위에 널브러진 무언가를 발견했다.

그것이 무엇인지 알 수 없지만, 형태만으로 판단했을 때 콘크리트 조각이나 인공 구조물이 아니라는 건 분명했다.

재식은 얼른 걸음을 멈추고 동행하던 헌터의 팔을 툭, 건드렸다.

그러자 옆에서 걷던 헌터가 고개를 돌려 재식을 바라봤다.

재식은 검지와 중지로 자신의 눈을 가리킨 다음, 손목을 빙글 돌려 한쪽 방향을 가리켰다.

헌터들의 고개가 자연스레 재식이 가리킨 쪽으로 돌아갔다.

그러고는 곧 방패를 든 헌터가 인상을 찌푸리며 한참 동안 선로 위를 노려봤다.

왠지 심상치 않은 기분에 방패 헌터는 동료들에게 각자 경계할 방향을 지정해 주었다.

재식은 그가 조금 더 가까이 다가가 선로 위의 물체를 확인하려 한다는 걸 알 수 있었다.

임시 공대원 팀은 각자 맡은 방향을 경계하며 천천히 앞으로 나아갔다.

"또 오크군."

방패를 든 헌터가 물체의 정체를 확인하고는 작게 중얼거렸다.

그러자 다른 헌터들도 곁눈질로 선로 위를 살폈다.

"우욱……."

헌터들 중 한 명이 급하게 입을 틀어막으며 구역질을 삼켰다.

"하아, 냄새가 너무 심하군. 일단 처음에 발견한 오크 대가리를 남긴 놈의 소행으로 보이는데."

"어떤 몬스터인지 떠오르는 건 없나요?"

맡은 방위를 감시하느라 오크의 사체를 제대로 보지 못한 재식이 물었다.

"아니, 딱히 생각나는 몬스터는 없는데… 어쨌든 여기서 더 진행하는 건 위험해 보인다. 일단 뒤로 물러나자."

그제야 재식은 선로 위의 참상을 확인할 수 있었다.

오크의 시체는 총 다섯 구였는데, 온전한 것은 하나도 없었다.

하나같이 신체 일부가 물어뜯긴 것처럼 사라져 있었다.

그 모습만 봐도 극히 위험한 상황이라는 인지하는 데는 아무런 이견이 없었다.

방패 헌터의 판단에 따라 재식 일행은 길을 되짚어 사당역 역사로 돌아갔다.

"일단 내가 생각하는 바를 알려줄게."

방패 헌터가 주위를 경계하며 조심스레 입을 열자, 헌터들의 시선이 그에게 모였다.

"일단 확실한 건 오크를 죽인 게 헌터는 아니라는 거야."

재식 또한 그의 판단에 동의한다는 듯 고개를 끄덕였다.

시체에 남겨진 거친 절단면이 그 증거였다.

"그리고 오크를 공격한 놈은 우리가 걸어간 방향으로 나아갔을 가능성이 높아."

"그렇게 생각하는 이유는요?"

다른 헌터가 그의 말이 끝나기 무섭게 질문을 던졌다.

"일단 전투의 흔적이 많지 않으니까 기습을 당한 건 확실하고, 시체 중에 도망치려다 등 뒤에서 공격을 당해 죽은 놈이 있었어."

"오크가 도망치려던 방향이 저쪽이란 말입니까?"

질문을 던진 헌터가 방금 전에 돌아온 길을 손가락으로 가리켰다.

그러자 방패 헌터는 고개를 끄덕이며 말을 이었다.

"나는 지금까지 오크를 한입에 물어뜯을 정도로 덩치가 큰 몬스터는 본 적 없어. 다른 사람들은 어때?"

헌터들은 서로 눈치를 살폈지만, 딱히 아는 게 없어 보였다.

그러자 재식이 손을 들며 입을 열었다.

"사실… 어제 오크 무리와 싸우던 새끼 어스 웜을 봤습니다."

"뭐? 어스 웜이 나왔다고?"

"에이, 설마. 고블린 서식지에 무슨 어스 웜이야?"

다른 헌터들이 믿기 어렵다는 듯 말을 꺼냈다.

방패 헌터는 곰곰이 생각하더니, 그 역시도 무겁게 고개를 내저었다.

"어스 웜이라면 뜯어먹는 게 아니라 한입에 집어삼켰을 걸? 그놈은 아니야."

방패 헌터의 말을 들은 재식은 어제 새끼 어스 웜이 오크의 팔을 갈가리 찢어놓은 장면을 떠올렸다.

확실히 조금 전에 본 상처의 단면과는 거리가 멀었다.

"지금 우리가 신경 써야 할 건 어떤 몬스터가 오크들을 죽였는지가 아냐. 뭐가 됐든 그놈이 몹시 위험하다는 게 중요한 거지."

그 말이 옳았다.

오크 순찰대 하나를 가볍게 전멸시킨 몬스터가 지하철 선로를 따라 배회하고 있는데, 수색을 계속하는 건 목숨을 그냥 버리는 거나 마찬가지였다.

"나는 다른 팀이 모이면 돌아가자고 의견을 낼 거야."

"저도요."

"저도 동의합니다."

"저는……."

재식은 쉽게 답할 수 없었다.

마음 같아서는 계속 미발견 게이트를 수색하자고 이들을 설득하고 싶었다.

억대의 포상금이면 인원수대로 분배하더라도 최소 몇 천만 원을 받을 수 있을 테니까.

하지만 방패 헌터를 비롯한 세 사람은 마음을 돌릴 생각이 전혀 없어 보였다.

아쉽다는 듯 입맛을 다시던 재식은 문득 라이온 공대 측의 입장은 다를 수도 있겠다는 생각이 들었다.

"…저는 조금 더 생각해 보겠습니다."

재식의 의견에 불만을 드러내는 이는 없었다.

어차피 판단은 각자의 몫이고, 그걸 강요할 수는 없기 때문이다.

단지, 다수결에 따라 미발견 게이트 수색이 계속 이어질까 봐 헌터들의 표정이 어두워졌다.

"어? 저거, 라이온 공대원들인가?"

그때, 헌터 한 명이 한 방향을 가리켰다.

아니나 다를까, 멀리서 손전등의 불빛이 위아래로 빠르게 움직이는 게 눈에 들어왔다.

"하아, 라이온 공대원들은 도대체 무슨 생각으로 사는 거죠?"

재식은 깊은 한숨을 내쉬었다.

"뭔 일이 생긴 것 같은데, 혹시 몬스터에게 쫓기는 거 아냐?"

"젠장, 일이 더럽게 꼬이네."

"일단 대비는 합시다."

다른 헌터들도 저마다 투덜거리며 각자의 무기를 꺼내 들었다.

잠시 후, 라이온 공대의 팀원들이 우르르 역사 위로 올라왔다.

"몬스터입니까?"

방패 헌터가 긴장하며 소리 죽여 물었다.

"그게 아니라……."

숨이 차는 모양인지 말이 끝까지 이어지지 않았다.

그러자 옆의 헌터가 대신 설명을 해주었다.

"허억, 헉… 그냥 빨리 돌아오려고 그런 겁니다."

잔뜩 긴장하고 있었는데 별일 아닌 내용에 재식은 온몸에서 힘이 탁 풀리는 걸 느꼈다.

"그럼 천천히 걸어와도 될 걸 그렇게 달린 이유는 뭡니까?"

"시체가, 고블린 시체가 사방에 널려 있었습니다. 족히 100마리는 넘어 보여서……."

라이온 공대의 헌터 중 한 명이 겁에 질린 듯 덜덜 떨며 말을 꺼냈다.

"거참, 일단 돌아갑시다."

그 모습이 안쓰러워 보였는지, 방패 헌터는 더 따지지 않았다.

"…그래서 제대로 수색도 안 해보고 돌아왔다는 거야?"

김이원이 인상을 확 구기며 재식을 비롯한 인원을 나무랐다.

"네. 더 이상 나아갔다가 그 난장판을 만들어놓은 몬스터와 마주치기라도 하면……."

라이온 공대원 중 한 명이 주저리주저리 변명을 늘어놓자, 김이원이 그에게 다가갔다.

"뭐? 다시 한 번 말해봐. 그게 지금 할 소리야?"

김이원은 공대원의 멱살을 움켜쥐고 사납게 흔들었다.

그러자 김상식이 얼른 다가와 김이원을 말렸다.

"이원아, 여기 아직 던전 안이다. 공대 터지게 만들려는 건 아니지?"

"이 겁쟁이 새끼야, 너도 마찬가지야!"

김이원은 자신과 공대원 사이에 끼어든 김상식을 힘껏 밀쳐 냈다.

휘청거리며 밀려난 김상식이 버럭 소리를 지르며 김이원에게 달려들었다.

"그래, 나 겁쟁이다! 그러는 넌? 미친놈이냐?"

"뭐? 김상식, 뚫린 입이라고 아무 말이나 내뱉지 마라."

"씨발, 내가 내 입으로 말하는 것도 문제냐?"

감정이 격해진 두 사람은 때와 장소도 구분 못하고 대판 싸워 대기 시작했다.

재식은 한숨만 푹푹 내쉬며 주변을 둘러봤다.

아무도 말리지 않으면 자신이라도 나서야 할 판이었기 때문이다.

하지만 다행히 방패 헌터가 나서서 한데 뒤엉킨 두 사람을 떼어냈다.

"싸움은 나중에 하시고, 돌아갈 건지 수색을 계속할 건지부터 정합시다."

"뭐? 그게 무슨 개소리야? 당연히 수색은 계속해야지!"

김이원이 짜증난다는 듯 버럭 소리쳤다.

순간, 재식은 방패 헌터의 눈가가 파르르 떨리는 걸 볼 수 있었다.

그도 김이원의 막무가내 태도에 화가 치밀어 오르는 듯싶었다.

하지만 끝끝내 인내하며 논리적으로 상황을 설명했다.

"처음 발견한 오크 시체는 기억합니까? 우리 팀은 4호선 라인에서 그와 같은 상태의 오크 시체 다섯 구를 발견했습니다. 그리고 당신네 공대원들은 100마리가 넘는 고블린이 떼죽음당한 현장을 목도했다고 합니다."

"그래서 뭐?"

"허~ 이게 무슨 의미인지 모릅니까? 위험하단 말입니다. 여기서 오크 수색대를 혼자 감당할 수 있는 사람이 있습니까? 아니, 막말로 오크 다섯 마리면 현재 우리 전력으로도 상대하기가 쉽지 않아요. 그런데 오크보다 강한 놈을 어떻게 상대하려고요? 개죽음당하기 싫다면 돌아가는 게 좋습니다."

"하, 지금 임시 공대원이 감히 공대장을 가르치는 거야?"

김이원은 기가 막힌다는 듯 이마를 짚었다.

"가르치는 게 아니라, 상식적인 얘기를 하고 있는 겁니다."

"상식? 야, 김상식. 네가 말해봐라. 이게 지금 상식적인 일이냐?"

"거기서 왜 나를 걸고 넘어지냐, 병신아."

재식은 혹시나 미발견 게이트 수색을 계속하지 않을까 기대했지만, 그 기대를 깔끔하게 접었다.

이렇게 단합되지 않은 상태로 위험한 몬스터가 있을 것이 확실한 던전을 돌아다닐 수는 없었다.

급할수록 돌아가라더니, 그 말이 옳았다.

"하아… 공대장, 다수결로 정합시다. 끝내 혼자서 계속 우기며 수색을 강행하겠다면, 나는 혼자서라도 돌아갈 겁니다."

임시 공대원들, 아니, 라이온 공대원들조차 무의식적으로 방패 헌터의 말에 고개를 끄덕였다.

"다 돌아가고 싶은 눈치인데, 굳이 다수결이 필요해? 겁쟁이 새끼들 같으니……."

김이원은 스스로도 고립됐음을 느꼈는지 투덜거리며 한 발 물러섰다.

재식은 입맛이 썼다.

고블린 사냥하는 대신 선택한 미발견 게이트 탐색이었는데, 그게 헛수고가 되고 말았다.

일단 첫 조우부터 세 번 연달아 고블린들이 들이닥쳤기에 헌터 협회의 의뢰는 충족시킨 상태였다.

평소보다 고블린 무리의 숫자도 많았기에 일당도 조금은 더 받을 수 있을 것이다.

하지만 이렇게 일이 꼬일 줄 알았다면, 차라리 고블린 사냥에만 집중할 걸 하는 아쉬움이 남았다.

"공대장님 의사는 들은 대로입니다. 혹시 반대하시는 분은 손을 들어주십시오."

방패 헌터의 질문에 손을 드는 헌터는 아무도 없었다.

좌중의 의견을 확인한 방패 헌터가 김이원을 돌아보며 물었다.

"공대장님, 바로 출발합니까?"

"귀찮게 뭘 자꾸 물어?"

김이원은 단단히 화가 났는지, 더는 말을 섞기 싫다는 듯 앞장서서 발걸음을 옮겼다.

그러자 라이온 공대원들은 이곳에 더 있기조차 두렵다는 듯 무질서하게 따라붙었다.

임시 공대원들은 그 몰상식한 행동에 미간을 찌푸렸다.

재식은 하나부터 열까지 맘에 드는 구석이라고는 하나도 없는 라이온 공대를 섣부르게 선택한 자신을 나무랐다.

'에휴, 미확인 게이트 신고 포상금은 훨훨 날아갔구나. 그럼 그렇지. 내 주제에 그런 행운을 바라는 건 무리였어.'

미확인 게이트에 대한 소문은 이미 헌터 협회에서도 낌새를 알아차리고 있을 가능성이 높다.

하지만 미지의 몬스터에 대한 정보는 지금 재식이 속한 라이온 공대가 처음 알아낸 것일 수도 있다.

그렇다면 그에 대한 포상금이 나올지도 모른다고 최대한 희망을 가져 보는 재식이었다.

그러다 문득 재식은 아차 싶었다.

지하철 던전이 위험하다는 판단이 서면, 헌터 협회에서는 일반 헌터들에게 의뢰를 주지 않을 것이다.

정말 일이 그렇게 흘러가면 재식은 꼼짝없이 다른 사냥터를 알아볼 수밖에 없다.

문제는 재식의 실력에 적합한 사냥터를 찾는 게 결코 쉬운 일이 아니라는 점이다.

서울의 지하철 던전처럼 적당한 수의 최하급 몬스터가 출몰하는 지역은 의외로 찾아보기 힘들었다.

'음, 정말 폐쇄라도 되면 큰일인데…….'

재식은 입술을 잘근잘근 씹었다.

'그럴 바엔 차라리 던전 브레이크라도 일어나면 좋겠다.'

재식은 최악의 상황을 염두에 두다 보니 매우 위험한 생각까지 사고가 이어졌다.

던전 브레이크가 벌어지면 중급은 물론이고, 상급의 헌터까지 동원되는 경우가 허다했다.

게이트를 통해 강한 몬스터가 튀어나올 가능성이 높기 때문이다.

그때, 일차 저지선을 펼치는 건 중급 이상의 헌터들이었다.

일반 헌터들은 가장 후방에 위치해 앞에서 놓친 피라미들을 막을 뿐이다.

그러다 보니 일차 저지선에서는 간간이 사망자가 발생하지만, 최종 수비 라인에서 목숨을 잃는 인원은 지금까지 단한 명도 없었다.

까놓고 말해 일반 헌터들은 최종 수비 라인에서 죽 치고 앉아 있기만 해도 보상금이 나오는 것이다.

보상액은 게이트의 등급에 비례하기 때문에 운이 좋다면 자리만 채우다 억대의 보상금을 받는 경우도 있었다.

"제길, 이럴 거면 처음부터 그냥 돌아갔으면 편하고 좋았잖아. 괜히 시간만 허비했네……."

김상식이 불만을 토로하자, 재식은 인상을 찌푸렸다.

김이원과 손발을 맞추며 지원사격을 해 댈 때는 언제고, 이제 와 손바닥 뒤집듯이 입장을 바꾸는 태도가 마음에 들지 않은 것이다.

'이 공대는 텄네.'

김상식의 어처구니없는 행동을 지켜보던 재식이 속으로 탄식했다.

마음이 급해서 잘 따져 보지도 않고 공대에 참가한 재식의 잘못도 있지만, 정규 공대가 이 정도로 엉망이리라고는 상상도 못했다.

공대장인 김이원은 사전 브리핑도 없었고, 그나마 예측 가능한 계획마저 미발견 게이트 수색으로 수정하기까지 했다.

공대원들은 또 어떤가.

던전 내부에서 손전등을 켜질 않나, 겁이 난다고 뛰어다니기까지 했다.

게다가 지금 귀환을 하는 중에도 대열을 이뤄야 한다는 생각조차 하지 못하는 듯했다.

만약 이 상태에서 몬스터의 기습이라도 받는다면, 십중팔구는 누군가 죽어 나갈 게 분명했다.

재식은 어제와 오늘, 이틀간 겪은 공대를 자연스레 비교했다.

어제는 인원 전부가 임시 공대를 전전하는 이들뿐이지만, 정규 공대만큼 팀워크가 좋고 공대장을 맡은 재환의 리더십도 훌륭했다.

'이번에 나가면 김재환 팀장님 연락처라도 알아봐야겠네.'

*   *   *

헌터 협회 서울 남부 지부 지원실 주임인 이민우는 하루 종일 이어지는 헌터들의 항의에 제대로 업무를 처리할 수가 없었다.

한두 사람이라면 모를까, 자신이 담당한 공대장들 대부분이 엉성한 정보를 제공한다며 길길이 날뛰었다.

어떤 이는 고블린을 발견할 수도 없는데, 고블린 퇴치 의뢰를 내놓는 게 말이 되냐고 소리쳤다.

또 다른 이는 평소보다 많은 고블린이 돌아다니는데, 공대원 수를 늘리라는 안내도 없냐며 화를 냈다.

"죄송합니다, 정말 죄송합니다."

결국 이민우로서는 연신 고개를 숙이며 사과하는 것 외에 다른 뾰족한 수가 없었다.

사실 얼마 전 상부로부터 이상 현상이 벌어지고 있으니 주의하라는 공문을 받은 적이 있었다.

서울에는 총 다섯 군데의 헌터 협회 지부가 있는데, 북부와 동부, 중부 지부에서 몬스터들의 이상 현상이 발견된다는 보고가 있으니 남부도 주의하라는 것이었다.

주된 내용은 최하급부터 중하급에 속하는 몬스터들이 예전과 다르게 무리를 크게 불려 돌아다닌다거나, 단독 생활을 하던 몬스터들이 원래 활동하던 영역을 벗어난다는 것.

중하급 이하 몬스터 무리의 규모가 커지는 건 왕왕 발생하던 일이다.

하지만 맹수처럼 한 번 영역을 정하면 좀처럼 그 지역을 벗어나지 않던 몬스터가 이동하는 건 심상치 않은 일이 분명했다.

학자들은 상위 포식자의 등장을 경고했지만, 헌터 협회는 몬스터의 습성이 모두 밝혀진 건 아니니 좀 더 지켜보자는 입장이었다.

'그럴 거면 차라리 공문을 보내지나 말든지……'

이민우는 괜히 헌터들을 불안하게 만들지 말고 조용히 입 닫으라는 지부장의 말이 떠올랐다.

마음 같아서는 이 자리에 지부장을 앉혀놓은 뒤 헌터들을 상대하게 하고 싶지만… 어쩌겠는가, 하급자가 고생하면 그만인 일이었다.

"하아, 충완 공대장님. 이런 말씀드려서 죄송한데, 제가 그 얘기만 오늘 수십 번은 넘게 들었습니다."

이번에 찾아온 공대장인 충완은 화를 내기보다는 이민우를 붙잡고 하소연을 늘어놨다.

상대가 분통을 터뜨리며 날뛰면 이쪽도 강하게 나가면 그만인데, 이렇게 감정에 호소하는 사람을 매몰차게 대하는 건 아무래도 쉽지 않은 일이었다.

"어제까지만 해도 잘 보이던 고블린이 한 마리도 보이지 않았다니까요."

"어찌할 수 없는 상황이라는 걸 저도 잘 압니다. 하지만 절차상 위약금을 지불하셔야 한다는 건 변치 않습니다."

"이 주임님, 어떻게 안 되겠습니까? 저희가 거짓말을 하는 게 아니라는 걸 잘 아시지 않습니까. 솔직히 저희 일반 헌터들은 목숨 내놓고 하루 벌어 하루 사는 하루살이 인생인데, 위약금을 내라는 건 조금 심합니다. 막말로 저희가 의뢰를 받아놓고 술 마시며 놀다가 의뢰를 수행하지 못한 거라면 억울하지는 않겠죠."

"일단 오늘 공대장님처럼 공치신 분들이 많아서 원인을 파악 중이기는 합니다. 그리고 위약금도 심사를 거쳐서 결과를 알려 드릴 예정이고요."

"그러니까, 그걸 안 낼 수 있도록 도와달라는 겁니다."

이민우는 응대 매뉴얼에 따라 기계처럼 말했지만, 충완은 그의 생각보다 더 끈질겼다.

솔직히 던전 상황을 모르는 상태에서 의뢰를 내준 잘못은 명백하게 헌터 협회에 있기 때문에 이민우 역시도 위약금은 좀 심하다고 생각했다.

하지만 지침이 정해져 있는데, 그걸 독단적인 판단으로 헌터들에게 유리하게 적용할 수는 없는 노릇이었다.

혹시 충완 공대장의 사정을 봐준다면, 평소보다 두 배나 많은 고블린 무리와 조우한 공대장에게는 위험수당을 지급해야 될지도 모를 일이었다.

"정말 죄송합니다. 지금 제가 드릴 수 있는 말은 헌터 협회의 의뢰를 제대로 수행하지 못한 것에 대한 위약금은 차후 심사를 통해 고지된다는 것뿐입니다."

이민후는 충완에게 최후 통보를 날렸다.

"이 주임님……."

"충완 공대장님의 사정은 저도 충분히 이해하고 있습니다."

이민후는 이제 그만하고 가줬으면 좋겠다고 생각했다.

벌써 한 시간째 이러고 있는데, 없던 악감정도 생길 판이었다.

솔직히 말해 일반 헌터들이 하루 벌어 하루 사는 것도 아니었다.

그건 하루를 사냥하면 나흘을 쉬는 사람들에게 어울리는 말이 아니었다.

물론, 몬스터 사냥으로 발생한 피로와 스트레스를 푼다는 것까지 업무의 연장이라 생각하면 말을 되겠지만.

자신의 생명을 담보로 몬스터를 상대하는 헌터들에 대한 인식은 대부분 호의적이다.

인류의 생존을 위협하는 몬스터를 상대한다는 건 그 자체만으로 존경받아 마땅한 일이기 때문이다.

하지만 일반 헌터들을 바라보는 시선은 달랐다.

일반 헌터들이 주로 상대하는 최하급 몬스터인 고블린이나 코볼트, 슬라임 등은 일반인도 장비만 갖추면 충분히 상대할 수 있기 때문이다.

그런 이유로 대개 일반 헌터들은 일용직 노동자 취급을

당하기 일쑤였다.

지금 상황도 마찬가지였다.

하다못해 길드에 소속된 헌터였다면, 길드가 대신 나서서 협회에 항의를 했을 것이다.

길드의 항의에 헌터 협회가 강하게 맞설 수 있을까?

대답은 'No' 다.

상급 이상의 헌터 대부분이 길드 소속인데, 헌터 협회는 당연히 그들의 눈치를 볼 수밖에 없다.

그러니 분명 오늘 의뢰 실패에 대한 위약금은 없다고 공지가 나갔을 것이다.

"아직 협회에서 입장을 내놓지 않았기 때문에 제가 더 드릴 말씀은 없습니다."

"하아, 알겠습니다. 그럼 이만 가볼 테니, 잘 좀 부탁드리겠습니다."

충완은 그제야 단념한 듯 어깨를 축 늘어뜨린 채 등을 돌려 떠나갔다.

그런 그의 뒷모습을 잠시 지켜보던 이민우는 자리를 박차고 일어났다.

"준석 씨, 잠시 과장님께 보고할 게 있어서 자리를 비울 건데, 누가 찾으면 잠시 기다리라고 이야기해 주세요."

"네, 알겠습니다. 걱정하지 말고 다녀오세요."

"그럼 부탁합니다."

"야, 거기! 정신 안 차려?"

"우왁!"

키킥.

캬악!

재식은 아비규환 속에서 고블린들의 공격을 막아내느라 정신이 없었다.

라이온 공대가 출구로 향하던 도중 한 무리의 고블린 수색대와 조우하고 말았기 때문이다.

재식은 이대로 사냥이 끝나면 일일 목표 금액에 미달이라는 생각에 초조해했는데, 마침 사냥감이 나타나 잘됐다고 생각했다.

하지만 그런 생각도 잠시. 고블린의 수를 확인한 재식은 마른침을 삼킬 수밖에 없었다.

그도 그럴 것이, 평소라면 열 마리 내외인 고블린 무리가 무려 서른두 마리나 되었기 때문이다.

재식과 공대원들은 부랴부랴 둥근 원 형태로 대열을 갖췄다.

뒤에서 공격당하는 걸 방지하기 위함이었다.

평소였다면 원거리 공격으로 숫자를 줄인 후, 고블린의 진형을 부수고 학살했겠지만, 놈들의 수가 워낙 많아 방어적으로 나설 수밖에 없었다.

덕분에 고블린들은 신나게 달려와 헌터들을 마구잡이로 공격해 댔다.

역시나 공대의 진형이 유지된 건 잠시뿐이었다.

멋대로 움직이는 데 익숙한 라이온 공대는 서로 보조를 맞추기보다는 각자가 편한 대로 움직였다.

그러다 보니 진형이 금세 요동치기 시작했고, 그 틈을 파고든 고블린들이 진형의 중앙에 위치하게 됐다.

아무리 최약체인 고블린이라지만, 머릿수에서 워낙 차이가 나다 보니 수세에 몰리는 건 어쩔 수 없는 일이었다.

그러자 김이원은 진형을 파고든 고블린을 먼저 상대하며 진형을 유지하라는 말도 안 되는 지시를 내렸다.

그보다 더 큰 문제는 그 지시마저 따르지 않는 이가 있다는 것이었다.

"아악! 이 새끼들아! 죽어, 좀 죽어!"

앞뒤로 포위당한 김상식은 자칫 잘못하다간 죽을 수도 있다는 공포에 휩싸여 마구 검을 휘둘러 댔다.

그러더니 급기야 진형에서 멀어지기까지 했다.

'젠장, 아무리 급해도 이런 임시 공대는 거르는 게 답이야.'

고작 고블린 한 마리를 처리하며 혼자 날뛰는 김상식을 발견한 재식이 혀를 찼다.

헌터 협회를 나서기 전에 보여주던 자신감 있는 모습은 어디 가고, 고작 고블린에게 겁먹고 혼자 지랄발광을 떠는 꼬락서니는 꼭 처음 던전에 들어온 초보 헌터처럼 보였다.

"섬광탄 갑니다! 다들 눈 감아요!"

재식은 정말 위급한 상황이 아니라면 쓰지 않으리라 생각한 섬광탄을 히프 색에서 꺼냈다.

한 명의 동료라도 아쉬운 상황이라 이대로 두고 볼 수만은 없었다.

게다가 재식은 전신을 감싸는 아머를 착용하고 있어 당장 위험할 건 없지만, 다른 헌터들의 사정은 달랐다.

만약 치명적인 상처를 입고 전선에서 이탈하는 헌터가 발생한다면, 공대가 허무하게 전멸할 가능성도 있다.

10만 원이 넘는 섬광 수류탄을 아끼고 싶은 마음은 굴뚝같지만, 빠른 시간 안에 전투를 끝내는 게 목숨을 부지할 수 있는 최선의 방법이었다.

"섬광탄! 눈 감아!"

"눈 감아!"

재식이 소리치자, 임시 공대원들이 연달아 외치며 다른 공대원들에게 정보를 전파했다.

팡!

재식이 머리 위로 던진 섬광탄이 작은 폭음과 함께 눈부신 빛을 뿜어냈다.

"윽!"

미치광이처럼 날뛰던 김상식은 미처 경고를 듣지 못했는지, 환한 빛이 갑자기 안구를 강타하자 신음을 흘렸다.

하지만 다행히 경고를 듣지 못한 건 김상식뿐인지, 다른 이들은 모두 혼란에 빠진 고블린을 향해 거침없이 달려들었다.

그에 반해 고블린들은 심각한 대미지를 입었는지, 양손으로 두 눈을 감싸고 바닥을 굴러다녔다.

고블린들이 정신을 차릴 수 없을 정도로 고통을 느끼는 건, 어둠 속에서도 사물을 분간할 수 있을 정도로 특화된 시력 때문이었다.

키아악!

너무 강렬한 빛을 마주해 시신경이 타들어 가는 고통을 느끼는 고블린을 향해 헌터들은 무자비하게 공격을 퍼부었다.

재식은 주변에 몰려든 고블린을 정리하자마자 바로 김상식에게 다가갔다.

"으으!"

김상식은 섬광탄에 대비하지 못해 고블린처럼 눈을 가린 채 신음을 흘려냈다.

재식은 그러거나 말거나 그의 주변에 굴러다니는 고블린들을 하나씩 숨통을 끊었다.

"누구야!"

그때, 자신에게 다가오는 인기척을 느낀 김상식이 버럭

소리를 지르며 검을 치켜들었다.

"조심하세요. 그러다 동료라도 찌르면 어쩔 겁니까?"

재식은 피식 웃음을 터뜨리더니, 하던 일을 마저 해 나갔다.

"씨발! 도대체 뭔 짓을 한 거야?"

당황한 김상식은 조금만 주의를 기울이면 알 수 있는 사실도 질문을 던져 확인하려 했다.

재식은 그 질문에 대답하느니, 고블린을 한 마리라도 더 죽이기 위해 분주히 움직였다.

한순간의 기지로 상황을 역전시키기는 했지만, 섬광탄의 효과가 얼마나 이어질지 모른다.

그러니 고블린이 시력을 되찾기 전에 확실하게 숨통을 끊어놔야만 했다.

재식은 고블린의 심장에 카타르를 찔러 넣었다.

목을 베는 방법도 있지만, 힘들게 목뼈를 가르는 것보다 갈비뼈를 부수는 게 훨씬 쉽다고 생각했다.

푹!

꾸엑!

재식이 휘두르는 카타르는 고대 암살자가 애용하던 무기답게 작은 상처로도 치명적인 효과를 발휘했다.

카타르에 찔리거나 베인 고블린들은 하나같이 숨이 끊어지거나 전투 불능에 빠졌다.

"으… 젠장!"

재식은 등 뒤에서 김상식이 버럭 소리를 지르자 고개를 홱 돌렸다.

시력을 회복한 고블린이 공격한 건 아닌가 깜짝 놀란 것이다.

하지만 그런 염려와 달리 김상식은 좀처럼 눈을 뜨지 못해 짜증을 부릴 뿐이었다.

'나참, 도움이 되지는 못할망정 방해는 하지 말아야지.'

이제 김상식이 무슨 반응을 보여도 신경 쓰지 않겠다는 듯 재식은 서둘러 다음 고블린에게 다가가 카타르를 휘둘렀다.

하지만 사람들에게 경고할 필요는 있었다.

김상식이 시력을 되찾고 있다는 건 고블린도 마찬가지라는 얘기일 테니까.

"곧 고블린이 정신을 차릴 수도 있습니다! 반격에 주의하십시오!"

재식의 말에 공대원들은 더욱 분주히 움직이며 고블린의 수를 줄여 나갔다.

비록 지금은 고블린을 쉽게 처리하고 있지만, 시력을 회복한 후 다시 달려드는 고블린을 상대할 정도로 여유가 있는 건 아니기 때문이었다.

"이쪽은 이제 다 처리했습니다!"

재식은 주변에 살아 있는 고블린이 없다는 걸 확인하고는 공대원들에게 정보를 전파했다.

"이쪽도……."

김이원은 상당히 지쳤는지, 가쁜 숨을 몰아쉬며 간신히 입을 열었다.

"나도 마찬가지야."

"제 주변도 움직이는 놈은 없습니다."

마지막 헌터의 보고를 끝으로 고블린 무리와의 전투가 모두 끝났다.

"빠르게 귀와 마정석만 챙겨서 떠납시다. 꾸물거리다가 또 한 번 고블린 무리와 조우하면 그땐 정말 끝입니다."

여기저기 지쳐서 주저앉는 공대원들을 향해 방패 헌터가 독려를 쏟아냈다.

그러자 공대원들은 지친 몸을 이끌고 고블린의 귀를 잘라 냈다.

그와 함께 고블린의 심장을 갈라보는 것도 잊지 않았다.

그 결과, 무려 열여섯 개의 마정석을 얻을 수 있었다.

오전에 연거푸 전투를 치르며 얻은 것을 합치면, 모두 스무 개의 최하급 마정석을 확보한 셈이었다.

비록 미발견 게이트 탐사로 많은 시간을 허비했지만, 이 정도 성과면 수익이 평균 이상은 나올 거란 생각에 재식은 조금 마음이 편해졌다.

7. 헌터 협회의 조치

헌터 협회 서울 남부 지부.

넓은 회의실의 상석에 앉은 이해룡은 헌터 지원과로부터 올라온 보고서를 읽다 말고 인상을 확 찌푸렸다.

그러고는 손에 들린 보고서를 지원과 과장인 반도강을 향해 흔들어 댔다.

"반 과장."

"예, 지부장님."

"지금 이게 말이 된다고 생각하나?"

"……."

반도강은 어금니를 꽉 깨물며 속으로 화를 삭였다.

평소에도 자신이 올리는 보고서마다 어떻게든 트집을 잡는 이해룡이었다.

그럴 때마다 신물이 날 지경이지만, 쿨하게 사표를 던질 수도 없는 노릇이니 꾹 참는 것 외에는 다른 수가 없었다.

이해룡은 반도강이 자신을 무시한다고 여기는지, 더욱 큰 목소리로 그를 물어뜯었다.

"왜 말이 없나? 내 말이 말 같지 않아?"

"아닙니다, 지부장님."

안하무인으로 날뛰는 이해룡의 추태에도 불만을 드러내는 이는 아무도 없었다.

이런 일이 한두 번도 아니다 보니, 다른 간부들도 그러려니 하고 대수롭지 않게 여기는 분위기였다.

그도 그럴 것이, 이해룡과 반도강은 아주 오래된 악연을 가진 관계였고, 남부 지부에서 그걸 모르는 사람은 없었다.

이해룡과 반도강은 군 복무 시절, 대(對)몬스터 대응군 소속으로 한솥밥을 먹던 동료였다.

그 당시 이해룡은 팀장, 반도강은 그를 보좌하던 부팀장이었다.

그런 두 사람을 갈라서게 만든 건 의병 제대로 군을 떠나는 부하들의 보상 문제였다.

반도강은 임무 도중 부상을 입은 부하들에게 몬스터의 부산물을 처분해 보상해야 한다고 주장했고, 이해룡은 전례대로 군 상부에서 몬스터를 처리하는 게 옳다고 맞받아쳤다.

당연하게도 군 수뇌부는 이해룡의 주장을 받아들였다.

수뇌부들에게 있어 더 이상 몬스터 사냥에 참여할 수 없는 부상자는 괜한 짐짝에 불과하기 때문이다.

하지만 반도강은 자신의 주장을 굽히지 않았다.

군에서 의병 제대를 시키며 적은 위로금을 지불하는 것 외에 그 어떤 일자리 지원이나 병원비 보조도 없었기 때문이다.

반도강은 어떻게든 그들에게 도움을 주고자 지원 방안을 마련해 보고를 올렸지만, 직속상관인 이해룡의 반대로 번번이 무산되고 말았다.

결국 자신의 한계를 느낀 반도강은 군 생활에 회의를 느끼고 제대를 선택했다.

그게 악연의 시작이었다.

이해룡은 자신의 출세길을 막은 반도강에 대한 원한을 잊지 않았다.

그는 몬스터 부산물 처리로 비자금을 만들어 상부에 상납할 정도로 출세욕이 강한 인물이었다.

하지만 반도강이 눈을 시퍼렇게 뜨고 지켜보는데 상납을 이어갈 수는 없었고, 결국 돈줄이 끊기자 상층부에서는 이해룡을 무능한 인물로 낙인찍었다.

진급이 막힌 이해룡은 동기들이 승승장구하는 모습을 그

저 바라볼 수밖에 없었다.

결국 분에 못 이긴 그는 헌터 협회로 자리를 옮겼다.

몬스터 대응군 지휘관의 경력을 인정받아 헌터 협회의 간부가 된 그로서는 지부장이 되는 일 따윈 식은 죽 먹기에 불과했다.

그사이, 반도강은 부상으로 제대한 이들을 돕기 위해 뜻이 맞는 후임들과 함께 클랜을 만들었다.

하지만 클랜원은 적은데 도움을 받아야 할 이들은 많아서 입에 풀칠하기조차도 힘들었다.

더군다나 시간이 흐르며 뜻을 함께하던 부하들도 하나둘 클랜을 떠나갔다.

반도강은 변하는 사람의 마음을 붙잡는 게 힘든 일이라는 걸 그때 처음 알게 됐다.

결국 클랜은 해체됐고, 반도강은 헌터 협회의 문을 두드렸다.

그렇게 두 사람은 질긴 악연으로 다시 만나고 말았다.

반도강과 재회한 이해룡은 복수의 기회가 찾아왔음을 느꼈다.

그래서 고생은 죽도록 하면서 실속은 전혀 없는 헌터 지원부로 보내 버렸다.

그러나 애당초 헌터 지원부에 지원하려던 반도강은 이해룡의 처사에 아무런 불만이 없었다.

그렇게 악연을 정리했다 생각했지만, 그건 반도강의 착각에 불과했다.

　이해룡은 반도강이 작성해 올린 기획서를 제대로 읽어보지도 않았다.

　사사건건 꼬투리를 잡고, 올리는 보고서마다 반려하기 일쑤였다.

　보고서를 통과시키는 건 오직 남부 지부의 업무 평가가 다른 지부에 비해 낮을 때뿐이었다.

　그리고 지금도 마찬가지였다.

　"이봐, 입이 있으면 말을 해보라고. 겨우 고블린 무리의 숫자가 늘어난 걸 이렇게 심각하게 과대 포장해서 보고를 올린 저의가 뭔가?"

　급기야 이해룡은 손에 쥔 보고서를 반도강에게 던지며 모욕적인 언사를 쏟아냈다.

　이해룡은 최하급 몬스터가 출몰하는 지하철 던전에서 이상 현상이 발생했다는 말에 코웃음을 쳤다.

　최하급 몬스터가 무엇인가.

　일반인이라도 그럭저럭 장비만 갖추면 처리가 가능한 존재 아니던가.

　그런데 고작 고블린의 숫자가 조금 늘었다고 심각하게 받아들이는 반도강의 태도가 너무 어처구니없었다.

　반도강은 인격적인 모독을 당했지만, 싫은 내색 하나 없이 침착하게 답변했다.

그만큼 이번 일은 심각하다고 여긴 것이다.

"아무리 최하급 몬스터라 하지만, 이런 현상이 정상적인 것은 아닙니다. 고블린과 코볼트는 물론이고, 오크들마저 순찰대의 규모를 더 늘렸다는 보고가 들어오고 있습니다."

보이지 않게 주먹을 말아 쥔 반도강이 차분하게 설명을 늘어놓았다.

그에 이해룡도 상황이 그리 녹록하지만은 않다는 걸 깨달았다.

자신이 이 정도로 모욕을 줬는데도 물러서지 않고 거듭 자신의 주장을 강조하는 건 그만큼 상황이 심상치 않다는 반증이었다.

해도 그만, 안 해도 그만인 사안이라면 반도강은 그저 서류를 챙겨 회의실을 나섰을 것이다.

반도강에 대한 원한은 둘째 치고, 일단 자신의 목이 날아갈지 모를 위험은 피하고 볼 일이었다.

"계속해 봐."

한참 동안 머리를 굴린 이해룡이 결국 마지못한 듯 반도강에게 추가 설명을 요구했다.

"오늘만 해도 고블린을 발견하지 못했다는 공대장이 있는가 하면, 고블린 무리의 수가 너무 늘어 위험했다고 말한 공대장도 있습니다. 이건 지하철 던전 내부의 세력 지도가 크게 요동치고 있다는 의미입니다."

반도강의 설명에 다른 부서장들이 일제히 인상을 찌푸렸다.

그건 이해룡도 마찬가지였다.

던전 내부의 세력권 변화는 혹시 모를 던전 브레이크의 전조일 수도 있었다.

"그래서… 지하철 던전을 폐쇄하자는 게 자네의 의견인가?"

"네. 언제까지 이어질지 모르겠지만, 당분간은 던전을 폐쇄하고 길드에 의뢰해 이상 현상의 원인을 찾는 게 좋을 것 같습니다."

반도강의 말이 끝나기 무섭게 헌터 협회 간부들이 부정적인 의견을 쏟아냈다.

"반 과장, 매번 그러니까 탁상공론이나 한다고 욕먹는 거 아닙니까."

"맞아요. 이상 현상이 벌어진 원인을 찾을 수는 있겠습니까? 아니, 그런 걸 떠나서 돈도 안 되는 지하철 던전에 길드들이 들어간다고 나서기나 하겠습니까?"

들불처럼 일어나 비난을 퍼부어 대는 간부들의 모습에 이해룡은 흐뭇한 미소를 머금었다.

하지만 반도강은 결코 물러서지 않았다.

오히려 간부들과 눈을 마주치며 한 자, 한 자 힘주어 자신의 주장을 이어 나갔다.

"우리는 인류의 적인 몬스터를 물리치는 헌터들을 지원하고자 만들어진 기관입니다. 길드에서 저희의 요청을 고사할 걸 걱정할 게 아니라, 그걸 어떻게 설득할지 고민하는 게 헌터 협회의 역할이지 않겠습니까?"

"……."

반도강의 굳건한 기세에 벌 떼처럼 달려들던 간부들이 꿀 먹은 벙어리처럼 입을 다물었다.

"방금 전에 복귀한 일반 헌터의 보고에 따르면, 오크 순찰대가 변변찮은 반항도 못하고 전멸한 흔적을 발견했다고 하더군요."

"그거야 헌터가 한 짓일 수도 있죠. 상급 헌터가 지인의 공대에 참가하는 경우도 없지 않으니까요."

"저도 처음에는 그렇게 생각했습니다. 하지만 오크의 시체에 인간으로서는 도저히 남길 수 없는 흔적이 발견되었다고 합니다."

"네? 그게 도대체 뭡니까?"

간부 중 한 명이 반도강의 말에 고개를 갸웃거리며 질문했다.

반도강의 말에서 얼른 떠오르는 것이 없기 때문이었다.

반도강은 간부들의 관심을 이끌어냈다는 데 만족하며 천천히 입을 열었다.

"그건 바로… 오크가 도망치려 했다는 것입니다."

"헉! 그게 사실입니까?"

"설마요! 우리가 직접 보지 못했다 해서 말을 지어낸 건 아닙니까?"

헌터 협회 간부들은 반도강의 말을 믿지 못하겠다는 듯 부인하고 나섰다.

그들이 알고 있는 오크는 후퇴를 고려하지 않는, 말 그대로 투쟁 본능을 억누르지 못하는 몬스터였다.

간간이 지도자급 개체의 명령에 따르는 모습이 발견되기도 하지만, 그건 아주 특이한 경우에 속했다.

보통의 오크들은 뇌 기능이 오로지 싸우는 데만 집중된 것처럼 한 번 전투가 시작되면 절대 물러서지 않았다.

그런 오크들이 도망치려 했다는 건 심상치 않은 일임이 분명했다.

"게다가 오크의 시체 중 일부는 마치 드릴로 뚫은 것처럼 가슴에 큰 관통상이 남아 있고, 상반신이 아예 뜯어 먹힌 듯한 잇자국을 발견했다고 합니다."

"헉!"

반도강의 이야기가 진행될수록 여기저기서 신음 섞인 탄성이 흘러나왔다.

그러한 간부들의 반응에 이해룡이 혀끝을 차며 말을 내뱉었다.

"오크를 잡아먹는 몬스터가 새로이 등장한 건가?"

오크는 가장 약한 개체라 해도 중급 헌터는 되어야 일대 일 상대가 가능하다.

게다가 순찰대를 이끄는 오크 전사는 중급 헌터 중에서도 숙련된 실력자가 아니라면 상대하기조차 힘들었다.

그런 오크들이 무자비한 죽음을 맞이했다는 건, 역시 간과할 만한 일이 아니었다.

그렇게 위험한 곳에 일반 헌터들을 보내는 건 죽으라는 말과 같았다.

그러나 이해룡은 이대로 반도강의 제안을 받아들이는 건 자존심이 상하는 일이라 여겼다.

그래서 우선 반도강에게 남은 카드가 있는지 확인하기 위해 운을 뗐다.

"그렇다 해도 폐쇄는 힘들겠네."

"네? 그게 무슨 말씀입니까? 방금 제 얘기를 듣지 못하셨습니까!"

반도강은 자신의 예상과는 전혀 다른 답변이 나오자 반문할 수밖에 없었다.

아무리 목숨을 내놓은 채 몬스터를 사냥하는 직업이라지만, 죽을 걸 빤히 알면서도 아무런 조치를 취하지 않는 건 분명 잘못된 행동이었다.

"그렇게 놀랄 거 없어. 헌터들을 설득하려면 증거가 필요하지 않겠나. 그 오크를 잡아먹는 몬스터를 발견했다는 헌터가 있는 것도 아니고, 전부 정황 증거뿐이잖아."

"하지만······."

"이봐, 반 과장. 던전을 폐쇄하면 당장 내일부터 밥줄이 끊겼다고 시위할 사람들이 한둘인 줄 아나. 그걸 자네 혼자 막아낼 자신 있어?"

반도강은 고작 그런 이유로 헌터들을 사지로 내모는 이해룡을 이해할 수 없었다.

"며칠이면 충분합니다. 물론, 언론이나 장비 대여점의 사장들은 결코 인정하지 않으려 할 겁니다. 거기에 휘말린 헌터들도 생존권이니 뭐니 떠들어 대겠죠. 그런데 그게 사람 목숨보다 중요합니까?"

이해룡은 감정에 호소하는 반도강의 모습에 그가 숨긴 카드가 더는 없다는 걸 알 수 있었다.

"어쨌든 나는 폐쇄는 어렵다는 입장이고, 반 과장은 무조건 폐쇄해야 한다는 건가? 다른 사람들 생각은 어떤가?"

"저도 지부장님 생각과 같습니다."

"시끄러운 일은 최대한 피하는 게 맞죠."

간부들은 다들 한통속인지, 이해룡에게 살랑살랑 꼬리를 흔들어 댈 뿐이었다.

"재고해 주십시오. 일반 헌터들이 목숨을 잃을 수도 있는 일입니다."

"그럼 이렇게 하는 건 어떻겠나? 그렇게 애지중지하는

일반 헌터들은 지금으로서는 위험하니까 공대의 최소 인원 수를 더 늘리라 하고, 우리는 그동안 길드에 협조 요청을 보내서 던전 탐사를 부탁하는 거지."

반도강의 말을 이해 못하는 건 아니지만, 이해룡은 최대한 자신이 피해를 입지 않는 방향으로 제안을 던졌다.

"지부장님, 인명 피해가 발생하면 늑장 대처라는 비난을 피할 수 없을지도 모릅니다."

"그러니까 위험할 수도 있다는 안내를 하자는 거 아닌가. 그걸 알고도 들어갈 사람들인데, 우리가 굳이 말려서 비난받을 필요는 없지 않겠나."

반도강은 입을 꾹 다물고 이를 갈았다.

여기서 자신이 주장을 굽히지 않는다고 해서 던전 폐쇄가 통과되지는 않을 것 같았다.

그러자 이해룡은 마무리라 생각하며 마지막 수를 뒀다.

"게다가 던전을 폐쇄하면 몬스터나 돌연변이 쥐의 수가 점점 늘어날 텐데, 만약 던전 브레이크라도 벌어지면 자네가 책임질 건가?"

이해룡의 말에도 일리가 있었다.

막말로 고위험군의 몬스터들은 하나하나가 강력하지만, 영역을 침범하지만 않으면 던전 밖으로 나올 가능성은 현저히 낮았다.

하지만 고블린과 같은 최하급 몬스터는 사정이 다르다.

놈들은 일반인도 충분히 상대할 수 있을 정도로 약하지만, 언제든 던전 외부로 기어 나올 수 있다.

　그렇기에 일반 헌터들에게 의뢰를 주고 수시로 숫자를 줄이는 것이 아닌가.

　그러니 미지의 위험이 감지되었다고 해서 바로 던전을 폐쇄하고 원인을 규명하는 데 시간을 소비할 수만은 없었다.

　"있을지 없을지도 모르는 몬스터 때문에 최하급 몬스터의 수가 늘어나는 걸 방관할 수는 없습니다."

　"맞습니다. 놈들의 몸에 득실거리는 균이나 바이러스 때문에 전염병이라도 돌면, 여기 있는 사람들은 전부 옷을 벗어야 할지도 모릅니다."

　남부 지부의 간부들은 전부 이해룡의 의견에 동의를 표했다.

　반도강의 입장에서 그들은 일반 헌터들이 죽든 말든 신경 쓰지 않는 인면수심의 존재들일 뿐이었다.

　"반 과장, 이 정도면 설명은 충분하리라 생각하는데… 고민할 시간이 더 필요한가?"

　"이봐, 반 과장, 지부장님께서 질문하시지 않나!"

　급기야 지부의 다른 간부들이 반도강에게 이제 그만하자는 눈치를 보냈다.

　"…알겠습니다. 그럼 공대의 최소 인원을 열 명에서 스무 명으로 늘리겠습니다."

"음, 두 배는 너무 많은 거 아닌가?"

"저는 그것도 적다고 생각합니다만, 지하철 던전의 특징상 이 이상으로 수를 늘려봐야 서로 움직이는 데 방해가 될 뿐이라 그 정도로 잡은 겁니다."

"그럼 열여섯으로 하자고. 통로가 좁은 것도 염두에 둬야지."

반도강의 말이라면 무조건 반대하고 보는 이해룡이었다.

"알겠습니다. 그럼 최소 열여섯으로 하고, 스무 명은 권장 사항으로 남겨두겠습니다."

반도강은 어떻게든 헌터들이 목숨을 잃는 상황만은 막고 싶어 타협을 할 수밖에 없었다.

"하하하, 그건 마음대로 해. 다른 의견 있는 사람?"

이해룡은 사안이 마무리되는 듯 보이자 형식적인 의견을 물었다.

"없습니다. 지부장님의 판단이 최선인 것 같습니다."

"지부장님의 뜻에 따를 뿐입니다."

뼈다귀라도 하나 던져 줄까 싶어 꼬리를 흔드는 간부들의 모습에 반도강은 인상을 찌푸렸다.

"그런가? 그럼 이 안건은 제 말대로 진행하는 것으로 하겠네."

짝짝짝!

이해룡의 말이 끝나기 무섭게 간부들이 일제히 박수를 쳤다.

*　　　*　　　*

최악의 공대를 경험한 재식은 남은 하루 동안 충분히 휴식을 취한 뒤, 날이 밝자마자 헌터 협회로 향했다.

오늘은 어제처럼 상태가 안 좋은 공대는 피하자고 마음먹은 재식은 임시 공대를 신청하기 위해 카운터로 향했다.

그런데 접수처 한쪽에 설치된 입간판에 헌터 협회의 공지가 떡하니 붙어 있었다.

그걸 빠르게 읽은 재식은 혀를 차며 중얼거렸다.

"쯧, 폐쇄가 안 된 걸 다행이라 생각해야 하는 건가?"

사실 재식은 어제 김이원 공대장의 보고로 지하철 던전이 폐쇄될지도 모른다고 생각했다.

그런데 헌터 협회에서는 공대의 인원수를 늘리는 것으로 처방을 내렸다.

한마디로 눈 가리고 아웅 하는 격이었다.

하지만 재식이 불만을 터뜨리는 것은 그 이유 때문이 아니었다.

기존에 최소 여덟이던 파티의 숫자가 열여섯으로 늘었다.

솔직히 재식은 최근 고블린 순찰대의 규모가 커지면서 최소 열 명 이상 공대를 꾸리지 않으면 의뢰를 주지 않겠다는 공지에 불만을 품었다.

물론, 안전 때문에 어쩔 수 없다는 의견이 지배적이라 겉으로 내색하지는 않았지만, 수익을 분배할 분모가 커진 만큼 지갑은 얇아질 수밖에 없다.

그런데 이제는 최소 열여섯 명이라니.

재식은 협회의 조치를 납득하기가 힘들었다.

공대의 인원이 늘어나면 안전은 조금 더 보장받을 수 있겠지만, 일반 헌터들이 위험을 감수하면서까지 몬스터를 잡는 이유는 돈을 벌기 위해서다.

공대원의 수를 늘려서 노가다를 뛰는 정도의 일당밖에 벌 수 없다면, 그거야말로 본말 전도였다.

그럴 거라면 위험한 헌터를 고수할 필요가 없었다.

특히, 재식은 아버지의 치료비를 벌기 위해 단기간에 최대한 많은 돈을 벌어야 했다.

게임으로 치면 기간이 한 달뿐인 기간제 퀘스트나 마찬가지인 것이다.

아버지의 목숨이 경각에 달린 처지에 상황은 갈수록 꼬여 가자, 재식의 얼굴 위로 그늘이 드리워졌다.

"워메, 지금도 허벌나게 대가리만 많아서 갈라 먹느라 수익도 쪼깐한데, 인자 더 늘리라고야? 하, 깝깝스럽네."

재식이 헌터 협회의 게시판을 바라보며 고민하는 사이, 언제 다가왔는지 모를 한 남자가 구수한 사투리를 섞어가며 떠들어 댔다.

그는 재식도 같은 처지라 여겼는지, 친근하게 말을 걸어왔다.

"이보슈, 젊은 양반. 젊은 양반도 이게 맞는 일이라 생각하시우?"

하지만 재식은 선뜻 그의 말에 동조하지 않았다.

재식 역시 수익 분배에 대해서는 걱정이 들지만, 솔직히 헌터 협회의 조치가 타당하다고는 생각했다.

더욱이 공지 말미에는 길드에 의뢰해 현재 파악된 몬스터의 이상 행동의 원인을 찾아 해결하고 원상태로 복원하겠다는 내용이 적시되어 있었다.

재식은 그 문장을 가리키며 말을 이었다.

"헌터 협회에서 원인을 찾아 신속하게 조치를 취한다고 하니까, 일단 맡겨봐야 하지 않을까요?"

"뭐여? 자네가 무신 헌터 협회 대변인인가? 최소 인원이 열여섯이라는디, 그렇게 댕겨서 워떠케 몬스터를 잡으란겨! 안 그라도 고블린 구경하기 힘든 판에……."

남자는 자신의 말에 동의하지 않는 재식에게 목소리를 높였다.

그러자 주변을 오가던 헌터들이 무슨 일인가 싶어 하나둘 모여들었다.

재식은 내키지는 않지만, 꿋꿋이 자신의 의견을 개진했다.

"하지만 던전에 문제가 발생한 건 사실입니다. 고블린을 발견할 수 없는 것도 그 이유 때문일 거고요."

"뭐시여, 자네가 그걸 워떠케 알간?"

"자랑은 아니지만, 여기서 말하는 오크 시체를 발견한 게 바로 제가 속했던 임시 공대입니다."

"잉? 그게 참말인가?"

"네. 어제 던전에 들어갔다가 사당역 근방에서 오크 시체를 봤습니다. 그러니 혹시 오늘 던전에 들어가신다면, 2호선과 4호선은 피하십시오."

재식의 말에 남자는 믿을 수 없다는 듯 입을 쩍 벌렸다.

그런 반응은 비단 그뿐만 아니라 주변에 모여든 헌터들도 마찬가지였다.

"그랑께 사당역 부근에서 오크 시체를 발견했다는 말이지?"

"그렇습니다. 2호선을 따라 걷다가 오크 시체 한 구를 먼저 발견했습니다. 공지에 쓰여 있지는 않지만, 목과 어깨 일부를 제외하고는 찾아볼 수 없었죠."

"헉!"

재식의 설명을 들은 이들 중 누군가가 급히 숨을 삼키는 소리를 냈다.

"그래서 저희 공대는 조금 더 수색해 보기로 결정하고 4호선으로 내려갔습니다. 거기서 오크 시체 다섯을 더 발견했습니다. 뭐, 상태는 여기 적힌 그대로고요."

재식은 미발견 게이트를 수색 중에 우연히 발견했다는 말은 쏙 빼놓았다.

"허미, 그럼 정말 뭣이 있다는 말인가?"

재식의 말을 경청하던 남자는 믿을 수 없다는 듯 반문했다.

그리고 주변에 모여든 이들은 저마다 친한 이들과 대화를 주고받으며 웅성거렸다.

재식은 의도치 않게 이목을 끌게 되자, 퍼뜩 이걸 이용해 먹어야겠다는 생각이 들었다.

"저는 요즘 들어 고블린 무리의 수가 부쩍 늘어난 이유로 오크보다 더 위험한 몬스터가 등장했기 때문이 아닐까 판단했습니다."

재식은 자신의 생각을 아무런 가감 없이 사람들에게 들려주었다.

혹시나 겁을 먹고 오늘 사냥에 나서지 않는 사람이 생기지 않을까 하는 기대 때문이었다.

그야말로 얄팍한 꾀에 불과하지만, 당장 자신의 처지가 급하다 보니 물에 빠져 지푸라기라도 잡는 심정에서 꺼낸 말이었다.

사실 고블린이 무리를 이뤄 돌아다니는 건 일상다반사이기에 공대의 인원만 늘리면 충분히 상대가 가능했다.

하지만 지하철 던전의 포식자급에 속하는 오크의 출현 빈도가 늘어난 점이나, 순찰대에 오크 전사가 끼어 있는 건 정말 이상한 일이었다.

지금 와서 생각해 보니, 고블린과 오크들이 그렇게 행동할 수밖에 없는 이유가 따로 있던 것이다.

문제는 그 문제를 촉발시킨 것이 어떤 몬스터인지 알 수 없다는 점이다.

사당역에서 발견된 오크 시체에 남겨진 단서로 볼 때, 오거나 트롤은 아니었다.

오거와 트롤이라면 어느 정도 전투의 흔적이 남을 수밖에 없다.

게다가 드릴로 뚫은 듯한 상처는 그들의 특성과는 너무나도 달랐다.

오크의 상체를 단번에 뜯어낼 수 있는, 아니, 한입에 먹어 치울 수 있는 포식자는 기껏해야 어스 웜 정도다.

하지만 물증은 전부 어스 웜이 범인이 아니라는 것들뿐이었다.

오크들이 도망칠 정도로 다 자란 어스 웜이 존재한다면 지하철 던전의 선로는 놈이 운신하기에 너무 좁았다.

어스 웜 성체의 크기는 지하철 선로보다 더 크기에 제대로 움직이지도 못할 게 빤했다.

만약 그보다 작은 새끼 어스 웜이라면, 오크 전사가 도망치지 않고 맞설 가능성이 높았다.

재식은 어스 웜을 제외하며 과연 어떤 몬스터가 원인일지 상상해 봤지만, 좀체 떠오르는 게 없었다.

"그러니 선생님도 협회의 일에 너무 불만만 늘어놓지 마세요. 무엇보다 중요한 건 안전이지 않겠습니까. 살아 있어야 벌어놓은 돈도 쓸 수 있잖아요."

재식은 조금이라도 경쟁자가 줄어들길 바라며 말을 맺었다.

그런 후, 서둘러 자리를 떴다.

어차피 재식은 오늘도 지하철 던전으로 향하는 수밖에 방도가 없었다.

어젯밤, 집으로 돌아가 던전이 폐쇄될 경우에 대비해 사냥터를 물색해 봤지만, 노력 대비 보상은 지하철 던전을 따라올 만한 곳이 없었다.

그건 공대의 인원이 늘어나 수익 분배가 악화되더라도 마찬가지였다.

재식은 여전히 수군대는 사람들을 뒤로한 채 서둘러 고블린 퇴치 의뢰를 받았다.

다른 이들에게 던전이 위험하다며 말해놓고 정작 자신은 고블린 퇴치를 신청하는 게 내심 찔리기도 하고, 딴지를 거는 사람이 나타날까 걱정됐다.

하지만 다행히 그런 사람은 아무도 없었다.

결국 던전에 갈지 말지 결정하는 건 본인의 몫이기 때문이다.

"어디 보자……."

의뢰 접수를 마친 재식은 중얼거리며 헌터 모집란을 뚫어
져라 바라봤다.

그곳엔 임시 공대원을 모집하는 글들뿐 아니라, 헌터 협
회에서 요청한 의뢰도 있었다.

그중에서 재식이 확인하는 건 당연히 임시 공대원을 모집
하는 글이었다.

"음……."

한참을 살펴봐도 재환이 공대원을 구한다는 내용은 보이
지 않았다.

'오늘도 안 나오려나?'

게시판을 아무리 살펴봐도 재환과 관련된 공대를 찾지 못
한 재식은 다시 접수처로 향했다.

"혹시 김재환 헌터가 공대를 모집하지는 않나요?"

"김재환 헌터요? 잠시만 기다려 주세요."

접수처의 직원은 분주하게 손을 놀리더니, 가만히 고개를
저었다.

"김재환이란 이름으로 공대원을 모집하는 공대장은 없습
니다. 그런데 최근 김재환이란 헌터가 공대장으로 던전에
다녀온 게 확인되네요. 아직 나흘이 지나지 않았으니까, 오
늘도 쉬는 중이지 않을까요?"

"네, 알겠습니다."

'그날 연락처라도 받아둘 걸 그랬나…….'

재식은 아쉬운 마음을 달래며 접수처를 벗어났다.

곧장 휴게실로 향하던 재식은 깊은 고민에 빠졌다.

'일단 어제처럼 아무 공대나 들어가야 하나?'

공대의 최소 인원수가 늘어난 만큼 평상시와 같은 수익을 올리려면 아무래도 일찍 사냥을 시작하는 게 좋았다.

게다가 운이 나쁘면 고블린 무리를 만날 수 없다는 이야기도 들려오는 판이라 더욱 마음이 급해졌다.

다만, 어제 크게 곤욕을 치른 경험 때문인지 재식은 선뜻 결정을 내릴 수가 없었다.

'그래, 아무리 그래도 어제처럼 엉망인 공대는 피해야겠지.'

휘휘 고개를 내저은 재식은 오늘은 최소한 공대원들 간에 분란은 없는 공대를 선택하자 마음먹었다.

이미 어제 심하게 고생하지 않았던가.

무엇보다 안타까운 점은, 만약 원래의 목적대로 고블린 사냥에만 전념했으면 많은 수익을 낼 수 있었으리란 것이다.

다른 공대 중에는 고블린 그림자도 구경 못한 채 빈손으로 돌아온 이들이 허다했다.

그에 비해 라이온 공대는 오히려 위기에 몰릴 만큼 쉬지 않고 고블린을 만나지 않았는가.

미발견 게이트 발견에 시간을 허비하지만 않았어도 어떻

게 됐을지 모를 일이었다.

'김이원, 김상식… 하여간 자격 없는 헌터들이 문제라니까.'

뿌드득.

재식은 새삼 두 사람의 얼굴을 떠올리며 이를 갈았다.

만약 복귀 도중에 30마리가 넘는 대규모 고블린 무리를 만나지 못했다면, 어제의 수익은 정말 참담했을 것이다.

'진짜 죽는 줄 알았지… 반년간의 헌터 생활이 거기서 막을 내릴 수도 있었으니까.'

재식은 전날의 기억이 다시 떠오르자 몸을 부르르 떨었다.

김이원과 김상식은 무능한데다 성격도 개차반이었다.

그나마 다행인 점은 임시 공대원들은 물론이고, 라이온 공대의 다른 헌터들의 실력이 뛰어났다는 것이었다.

재식이 적절한 때에 기지를 발휘해 섬광탄으로 기회를 만들어내긴 했지만, 만약 다른 이들이 김상식처럼 어리바리했다면 고블린의 파죽지세를 견디지 못했을 것이다.

그랬다면 재식은 죽어서도 헛돈을 썼다고 땅을 치며 후회했을 것이다.

다행히 그럴 일은 없었지만.

그런데 재식의 실력을 눈여겨봤는지, 김이원은 수익을 분배할 때 은근슬쩍 자신의 공대에 들어오라며 제안했다.

당연하게도 재식은 거절했다.

비록 무사히 의뢰를 마치고 돌아왔다지만, 김이원과 김상식에 대해 부정적인 선입견이 생긴 재식에게 그런 제안은 아무런 메리트도 없었다.

김이원은 못내 아쉬운 듯 자신의 연락처를 남겼는데, 재식은 차마 그것까지 거부할 수는 없었다.

자신은 각성한 하급 헌터도 아니고, 유전자 시술을 받은 것도 아니었다.

뿐만 아니라 인맥이 좋아 어느 길드에 낙하산으로 들어갈 깜냥도 되지 못했다.

만약 그런 조건들 중 하나라도 충족했다면, 다른 임시 공대원들처럼 수익 분배가 끝나기 무섭게 뒤돌아섰을 것이다.

그러나 어차피 던전을 돌다 보면 언제 다시 만날지도 모를 인연이기에 굳이 서로 간에 얼굴을 붉힐 필요는 없었다.

'급하게 찾을 필요는 없어.'

재식은 조금 더 여유를 가지자며 스스로를 타일렀다.

헌터 생활을 시작한 것은 이제 겨우 6개월이 되었지만, 그동안 남과 모나게 지낸 적은 없다.

인내심을 갖고 꾸준히 기다리다 보면, 언젠가 인연을 맺은 헌터들에게 제안이 들어올 수도 있는 일이었다.

'그게 김재환 공대장이라면 더 바랄 게 없겠는데…….'

입맛을 다신 재식이 휴게실 문을 열었다.

어스 웜

헌터 협회 지정 위험 등급 4단계.

지표의 진동을 감지해 상대를 습격하는 워스 웜은 오로지 먹는 행위만을 추구하는 대형 몬스터이다. 하지만 가진바 전투력에 비해 등급 설정이 너무 높다는 게 헌터들의 일반적인 평가다.

헌터 협회는 그동안의 수집 데이터를 바탕으로 내린 결론이라 주장하지만, 이미 헌터들 사이에서는 손쉬운 상대로 전락한 신세다.

중급 헌터로 구성된 공대에서 어스 웜의 특성을 이용해 사냥에 성공한 기록이 있다.

어스 웜이 헌터들에게 각광받는 이유는, 성체 어스 웜으로부터 상급 마정석을 얻을 뿐만 아니라, 장기 곳곳에 여러 개의 마정석을 추가로 품고 있기 때문이다.

또한 어스 웜은 광물을 소화시켜 표피를 단단하게 만드는데, 이것은 헌터들의 방어구를 제작할 때 재료로 사용되기에 비싼 가격으로 거래된다.

결국 한 마리만 잡아도 어마어마한 수익을 거둘 수 있기 때문에 헌터들에게 어스 웜은 아낌없이 주는 몬스터, 신이 주는 선물 내지 로또로 통한다.

8. 조우

좀처럼 마음에 드는 공대를 찾지 못한 재식은 답답함을 달래기 위해 잠시 로비로 나왔다.

하지만 사람들 사이에 섞인 한 남자를 발견하고는 이내 인상을 구길 수밖에 없었다.

그는 마치 스포트라이트를 받는 듯 확고한 존재감을 드러내고 있었다.

'최충식……'

얼마 전, 광고에 등장한 모습 그대로였다.

"쳇, 부모 잘 둬서 성공한 놈 주제에……."

"쉿! 조용히 해. 그러다 뭔 짓을 당할지 몰라."

충식에게 적개심을 드러내며 눈을 흘기는 사람은 비단 재식만이 아니었다.

최충식의 부모가 국내 굴지의 제약 회사 상무이사라 일찌감치 유전자 시술을 받았다는 건 이미 헌터들 사이에서 유명한 일화였다.

덕분에 그가 헌터로서 승승장구하고 있다는 건 굳이 말로 설명할 필요가 없었다.

그건 최충식이 상위권에 속하는 헌터 길드에 쉽게 들어간 것만 봐도 쉽게 알 수 있는 일이었다.

그가 속한 길드나 언론에서는 최충식의 노력을 부각시키려 노력하지만, 재식은 전혀 믿지 않았다.

돈과 권력을 가진 길드에서 소속 헌터를 포장하는 건 당연한 일이지만, 재식은 그와 함께 학창 시절을 보낸 사람으로서 단언할 수 있었다.

노력?

그건 결코 최충식과 어울리는 단어가 아니었다.

최충식은 자신보다 못한 이는 누구라도 괴롭혔다.

성적이나 체력, 재력 등 뭐든 부족한 부분이 있다면 괴롭힘의 대상으로 선택당했다.

그렇게 많은 학생들이 최충식의 먹잇감이 됐지만, 그 일들이 세상에 알려진 경우는 단 한 번도 없었다.

최충식의 횡포를 견디지 못한 이들은 참다못해 학교와 경찰에 도움을 요청했다.

하지만 부모의 인맥과 돈으로 아무 처벌 없이 풀려난 최충식은 버젓이 학교로 돌아와 더욱 행패를 부렸다.

당연한 말이지만, 최충식을 고발한 이들은 학교에서 쫓겨났다.

그러다 보니 나중엔 누구 하나 최충식의 행사에 제동을 걸지 못했다.

그저 괴롭힘을 당하는 것이 자신이 되지 않기만을 빌며 피해자의 고통을 외면했다.

그런 최충식이 불과 몇 년 사이에 마음을 고쳐먹고 새사람이 됐다는 걸 믿으라니.

차라리 몬스터가 한순간에 모두 증발하고, 원래의 지구로 돌아갈 것이라 믿는 게 더 현실적일 것이다.

물론 솔직히 말해 그의 조건이 부럽지 않은 건 아니었다.

아버지는 잘나가는 제약 회사의 고위 임원이고, 본인도 잘 나가는 팀의 리더다.

신성 길드의 비스트라 하면 모르는 사람이 없을 정도였다.

그에 비견되는 레이드 팀으로는 화랑 길드의 화랑 13기와 케루빔 길드의 세븐 윙뿐이었다.

화랑 13기는 팀 비스트처럼 소속 팀원 전원이 유전자 시술을 받은 헌터들로 구성돼 있다.

그에 비해 케루빔 길드의 세븐 윙 같은 경우, 전원이 각성자로서 서로 뚜렷한 차이점을 보였다.

하지만 두 팀이 최고라는 건 누구나 인정하는 바였다.

재식 역시 언젠가 그런 팀의 일원이 되면 좋겠다는 꿈을 꾸곤 했다.

'부럽다.'

사람들의 주목을 받는 최충식의 모습에 재식은 문득 그런 생각이 들었다.

차마 속일 수 없는 부러움.

하지만 재식은 이내 고개를 내저었다.

'에이, 그래도 저 자식은 아니지.'

그러던 중 최충식의 표정이 점점 일그러지는 게 재식의 눈에 들어왔다.

예전 놈이 길길이 날뛰기 전에 보여주던 표정.

이럴 때는 몸을 사리는 것이 현명한 판단이었다.

괜히 눈에 띄어봐야 좋은 꼴을 보지 못할 테니까.

아니나 다를까, 최충식은 곧 길길이 화를 내며 짜증을 부려 댔다.

"아니, 레이드 끝난 지 일주일도 안 지났는데, 길드장이 어떻게 나한테 이럴 수 있어! 니들은 이게 말이 된다고 생각해?"

"어휴, 벌써 몇 번째야. 길드장한테 알겠다고 한 건 대장 이잖아."

"야! 그럼 너라면 거기서 싫다고 말할 수 있어?"

"알겠으니까, 어서 가자고."

제 버릇 남 못 준다더니, 그 말이 딱이었다.

'헌터 협회에서 던전 조사 인원을 요청한다더니, 그게 신성 길드였나 보네.'

재식은 최충식이 협회에 방문한 이유를 어렵지 않게 추측할 수 있었다.

"대장, 빨리 와."

"에이, 알겠어. 보채지 좀 마!"

엘리베이터에 올라탄 듯 최충식의 목소리는 더는 들리지 않았다.

*　　　*　　　*

헌터 협회의 휴게실은 평소와 달리 몹시 소란스러웠다.

"잠시 주목해 주십시오!"

재환은 임시 공대원들을 둘러보며 외쳤다.

큰 소득을 올린 후 며칠 동안 휴식을 취한 그는 다시 의뢰를 받기 위해 협회를 찾았다.

그런데 그사이 헌터 협회의 지침이 내려와 전보다 많은 인원을 모집할 수밖에 없었다.

재환은 던전에 들어가기에 앞서 달라진 상황을 브리핑하

며 공대의 규칙을 숙지시켰다.

그 너무도 당연한 모습에 재식은 고개를 끄덕였다.

'그래. 이게 바로 제대로 된 공대지.'

헌터들의 숫자가 많은 만큼 임시 공대에는 다양한 인원이 섞이기 마련이었다.

그중에는 사냥 경험이 풍부한 이들이 대부분이지만, 간혹 경력이 아주 일천한 사람이 있을지도 모를 일이었다.

게다가 사냥 규칙은 몇 번이고 강조해도 모자랄 게 없었다.

그도 그럴 것이, 언제 어디서나 규칙을 어기는 사람은 존재하기 마련이니까.

그런 점을 염두에 둔 것인지, 재환은 침착하게 말을 이어 나갔다.

"던전 내부로 진입한 후에는 지금처럼 자유롭게 떠들거나 큰 소리를 내면 안 됩니다. 특히, 급히 의사를 전달해야 하는 위급 상황을 제외하면 수신호 사용이 기본입니다."

너무 당연한 사항이지만, 공대장을 맡은 재환은 어느 것 하나 소홀히 넘기는 법이 없었다.

"다들 아시겠지만, 던전 내부에서 몬스터들의 이상 행동이 감지됐다고 합니다. 공대의 인원이 많다고 안일한 마음을 먹는 건 절대 삼가주십시오. 모두들, 숙지하셨습니까?"

브리핑을 마친 재환은 공대원들을 하나하나 둘러보며 눈을 마주쳤다.

재식은 재환과 눈이 마주치자 빙긋 웃으며 고개를 끄덕였다.

그러자 재환도 옅은 미소를 띠었다.

"그럼 출발하겠습니다."

재환의 말에 헌터들이 우르르 자리에서 일어섰다.

재환이 이끄는 임시 공대는 관악 헌터 협회에서 제일 가까운 던전 입구인 신림역으로 향했다.

신림역 앞에 도착한 재환은 던전으로 들어가기에 앞서 최종 점검을 실시했다.

무기의 상태는 멀쩡한지, 방어구는 올바르게 착용했는지, 개인적으로 챙길 물품을 빠뜨리지는 않았는지…….

그 모든 것들이 확인 대상이었다.

"이상 없습니다."

재식이 가장 먼저 점검을 마치고 보고했다.

그러자 다른 헌터들도 저마다 확인 결과를 재환에게 알렸다.

"그럼 지금부터 던전으로 입장하겠습니다."

공대장인 재환이 가장 앞에 서서 던전 입구로 들어갔다.

재식도 자신의 차례가 되자 던전 안으로 발을 들였다.

순식간에 광량이 줄어들자, 재식은 왠지 어둠에 집어삼켜지는 듯한 느낌을 받았다.

하지만 그것도 잠시. 눈을 여러 번 깜빡이자 금세 주변을 확인할 수 있을 정도로 어둠에 익숙해졌다.

재환은 공대원들이 어둠에 적응할 때까지 입구 근처의 안전지대에서 기다려 주었다.

"자, 그럼 앞서 브리핑 때 말씀드렸다시피, 척후와 본대, 후위로 팀을 나누겠습니다."

그 잠깐 사이에 브리핑 내용을 까먹은 사람은 없는지, 각 팀별로 사람들이 모였다.

재환은 헌터 협회가 공지한 최소 열여섯보다 네 명 더 많은 스무 명으로 공대를 구성했다.

네 명을 더 뽑아서 스무 명을 맞춘 건 공대의 안전을 위해 척후와 후위를 운용할 생각 때문이었다.

재환은 본대를 열 명으로 잡고, 척후와 후위를 각각 다섯 명씩 배분했다.

척후는 진로상의 위험을 미리 발견해 보고하는 게 주된 목적이고, 후위는 몬스터의 습격을 막는 게 주 임무였다.

"그럼 척후부터 먼저 출발해 주십시오."

재식은 척후로 선발됐기 때문에 본대에 앞서 움직이게 됐다.

"으아, 이제 시작인가?"

척후조의 전면에 서서 고블린들을 막는 방벽 역할의 주성이 늘어지게 기지개를 켰다.

그 모습에 재식은 피식 웃더니, 그의 어깨를 가볍게 두드렸다.

주성이 뭔가 싶어 고개를 돌려보니, 재식이 오른손 검지를 입에 가져다 대고 있었다.

임무가 시작되었으니 조용히 하란 의미였다.

"야, 아직 안전지대도 안 벗어났거든?"

천연덕스러운 주성의 대꾸에 재식은 미간에 깊은 골자기를 만들었다.

아무리 안전지대라 해도 경솔하게 떠드는 걸 보자, 라이온 공대에서 고생한 경험이 되살아났기 때문이다.

"어이구, 그러다 한 대 치겠다? 알았다. 조용히 할 테니까, 인상 좀 펴."

주성의 너스레에도 재식은 쉽게 마음을 놓을 수 없었다.

하지만 결과적으로 재식의 걱정은 기우에 불과했다.

던전에 들어온 지 한 시간이 지났지만, 마주친 건 겨우 뮤턴트 마우스 다섯 마리뿐이었다.

물론 뮤턴트 마우스도 퇴치 의뢰 대상이 맞지만, 아무래도 아쉬울 수밖에 없었다.

한 마리당 10만 원, 그걸 스무 명이 나눠 가지면 5천 원이다.

게다가 뮤턴트 마우스에게서는 마정석도 나오지 않기 때문에 의뢰비가 아니면 기대할 수 있는 수익이 전무했다.

혼자 다섯 마리를 잡아도 하루 일당도 나오지 않는 것이다.

그저 눈에 띄었으니 잡았을 뿐.

지루한 이동에 지쳐 갈 만도 한데, 재식은 긴장을 풀지 않았다.

언제라도 고블린 무리를 마주칠 수 있기 때문이다.

그때, 앞서 걷던 주성이 우뚝 걸음을 멈췄다.

그 뒤를 따르던 재식과 헌터들이 곧장 무릎을 굽히며 경계 자세를 취했다.

주성은 오른손에 쥐고 있던 검을 살며시 왼손으로 옮긴 뒤 몸을 숙였다.

그러더니 곧장 오른손으로 수신호를 보냈다.

손을 활짝 펼쳤다가 이내 엄지와 새끼손가락을 제외한 손가락을 모두 접었다.

그건 고블린이 다섯 마리라는 의미였다.

재식은 발소리가 나지 않도록 조용히 대열을 이탈했다.

본대와의 연락은 발이 빠른 재식이 맡기로 사전에 얘기가 된 상황.

재식은 30미터 정도 떨어진 본대로 다가가 재환에게 현재 상황을 설명했다.

"전방에서 고블린을 발견했습니다."

"그래? 수는?"

"다섯 마리였습니다. 아마 고블린 무리의 순찰대로 보입니다."

"음……."

고블린이 순찰을 돈다는 말에 재환이 작게 신음성을 흘렸다.

"좋아. 그 정도는 척후조만으로 정리가 가능하겠지?"

재식은 고개를 갸우뚱하더니, 이내 고개를 끄덕였다.

"가능하기야 합니다만……."

마침 척후에 원거리 무기를 소지한 헌터가 있으니, 고블린들과 접촉하기 전에 조금이라도 수를 줄일 수 있을 것이다.

그리고 5대 5라는 숫자로도 고블린에게 밀릴 일은 없을 테니 불가능한 일은 아니었다.

"그럼 전부 죽이지는 말고, 만약 도망치는 놈이 있다면 한 마리 정도는 풀어주도록 해."

"네?"

재식은 의아하다는 표정으로 반문했다.

"뒤에서 따라오는 후위까지 모아 매복할 생각이거든. 그러니 달아난 고블린이 무리를 이끌고 달려오면 한꺼번에 처리하려고."

"아!"

재환의 설명을 들은 재식은 작게 탄성을 내질렀다.

재식이 대박의 기운을 몰고 다니던 날에도 재환의 뛰어난 작전 덕분에 고블린을 쉽게 사냥할 수 있었다.

"요즘 고블린들이 30마리까지 뭉쳐서 돌아다닌다고 하는데, 괜히 정면에서 맞붙을 필요는 없잖아."

"알겠습니다. 그런데 고블린이 도망치지 않으면 어떻게 하죠?"

"그렇다면 어쩔 수 없지만, 어차피 순찰대라고 했으니까 유인에 실패하더라도 곧 만날 수 있겠지. 위험하다 싶으면 다섯 마리 전부 죽여."

재환의 지시에 재식은 고개를 끄덕였다.

"그럼 다녀오겠습니다."

재식은 발소리를 내지 않고 조심조심 척후조로 돌아갔다. 그런 후, 재환의 지시를 척후조 헌터들에게 들려줬다.

"그러니까, 저놈들을 모두 죽이지는 말고 뒤에 있을 놈들을 유인하자는 말이지?"

"네, 정확합니다. 요즘 고블린 무리의 규모가 늘어났잖아요. 그러니 함정을 파 유리한 상황에서 싸울 계획이랍니다."

"그래야지. 고블린 몇 마리야 무섭지 않은데, 숫자가 늘어나면 여간 성가신 게 아니니까."

"맞아, 자고로 안전이 제일이니까."

"안전제일, 그거 좋지."

"크크큭, 야, 우리가 무슨 공사판 일꾼이냐?"

주성의 말에 다른 헌터들이 만담을 늘어놓자, 재식은 긴장을 끈을 조였다.

"아무리 손쉬운 상대라 해도 방심은 금물입니다. 그래서 공대장도 혹여 상황이 좋지 못하면 망설이지 말고 고블린들을 모두 죽이라고 했습니다."

"뭐, 그건 당연한 일이겠지. 그럼 슬슬 준비하자고."

주성이 먼저 원거리 딜러를 데리고 가까운 기둥 뒤로 걸어가 몸을 숨겼다.

그러자 다른 헌터들도 제각기 흩어져 자리를 잡았다.

보통 척후조는 몸이 날래고 민첩한 헌터가 맡는 게 보통이지만, 이번 공대는 인원에 여유가 있어서 구성이 안정적이었다.

방패를 든 헌터가 두 명이고, 그들을 보조할 근접 딜러도 각각 한 명씩 배정됐다.

그러다 보니 원거리 딜러는 안심하고 화살을 날리는 데 전념할 수 있는 상황이었다.

척후조는 숨을 죽인 채 고블린 순찰대가 가까이 접근하기를 기다렸다.

고블린 놈들은 척후조의 존재를 전혀 눈치채지 못한 듯 저들끼리 뭐라 떠드는 데 여념이 없었다.

그렇게 잠시 시간이 흐르고, 이윽고 불과 10미터 전방까지 고블린들이 접근했다.

상황을 주시하던 주성은 활시위에 화살을 얹고 대기하던 헌터에게 신호를 주었다.

핑!

헌터가 활시위를 놓는 순간, 화살이 바람을 가르는 날카로운 소리가 재식의 귓가를 간지럽혔다.

키엑!

빠르게 날아간 화살은 선두에 선 고블린의 목젖을 정확하게 뚫고 들어갔다.

키레엑!

쿠엑!

동료의 갑작스런 죽음에 남은 고블린들이 부산을 떨었다.

그러던 중 고블린 한 마리가 다시 화살을 걸고 시위를 잡아당기는 헌터를 발견했다.

놈은 동료들을 돌아보며 경고를 하기 위해 척후조가 숨어 있는 위치를 가리키려 했다.

하지만 그 순간, 놈의 뒤통수에 여지없이 화살이 박혀들었다.

키렉, 키렉!

그제야 헌터들의 존재를 파악한 고블린들이 서둘러 허리춤에 달린 무기를 꺼내 들었다.

"이야아!"

이미 고블린 두 마리를 쓰러트린 척후조는 더 이상 망설일 게 없다는 듯 모습을 드러냈다.

주성은 왼팔에 단단히 고정한 방패를 앞세운 채 고블린을 향해 고함을 지르며 질주했다.

"이얍! 죽어라, 고블린 놈들아!"

"아, 쫌! 조용히 처리해야지, 탱커가 달려 나가면 어떡해요!"

주성을 보조하는 재식은 투덜거리며 그의 등 뒤로 따라붙었다.

키에에엑!

콰앙!

갑작스러운 돌진에 당황한 고블린은 저도 모르게 뒷걸음질을 치다가 그대로 주성의 방패와 부딪쳤다.

주성은 달리던 기세를 살려 왼팔을 밀어 올리며 그대로 고블린을 날려 버렸다.

그 순간, 재식은 들어 올려진 방패 사이로 잔뜩 겁을 집어먹은 고블린 두 마리를 확인할 수 있었다.

망설이지 않고 주성을 지나친 재식은 일단 가장 가까이 서 있는 고블린을 노렸다.

견제부터 할 요량으로 왼손의 카타르를 가볍게 휘두르자, 역시나 고블린은 주춤 뒤로 물러났다.

하지만 갑작스런 회피에 몸의 균형이 무너져 그대로 바닥에 주저앉고 마는 고블린.

재식은 눈을 빛내며 오른발에 힘을 줘 땅을 박찼다.

그와 동시에 무방비로 노출된 고블린의 가슴을 향해 오른손에 쥔 카타르를 내질렀다.

푸욱.

케륵.

카타르는 아무런 저항 없이 고블린의 갈비뼈를 뚫고 심장에 틀어박혔다.

놈이 절명한 것을 확인한 재식은 카타르를 뽑아낸 뒤, 그대로 걷어찼다.

그러고 나서 남은 한 마리의 고블린을 경계하기 위해 고개를 돌렸다.

그런데 바로 그때, 또 한 번 화살이 공기를 가르는 소리가 들려왔다.

눈알을 뒤룩뒤룩 굴리며 도망갈 기회를 살피던 고블린은 미간 사이에 화살을 맞고는 그대로 허물어지듯 바닥에 쓰러졌다.

"아, 이럼 나가린데……."

주성의 중얼거리는 소리에 재식은 멍하니 뒤쪽을 돌아봤다.

뒤늦게 달려오던 두 헌터도 약간은 어이없다는 시선으로 화살을 날린 헌터를 바라보는 중이었다.

"그게… 저는 그냥 위협하려고 쏜 건데, 설마 맞을 줄 몰랐습니다."

"그걸 말이라고… 아니, 딱 보니까 백발백중이더만. 그런데 뭐? 맞을 줄 몰라?"

주성은 한 마리를 살려 보낸다는 작전이 수포로 돌아가자 한숨을 푹푹 내쉬었다.

재식은 오른팔을 가볍게 휘둘러 카타르에 묻은 피를 털어
내고는 다시 허리춤에 달린 검집에 집어넣었다.

어쨌든 고블린 무리의 수를 줄이는 데는 성공했으니, 아
직 작전이 완전히 실패한 건 아니었다.

"공대장님은 위험하다면 다 죽여도 좋다고 했습니다. 그
러니 너무 저분께 너무 뭐라 하지 마세요."

재식이 다독이듯 말을 건네자, 주성은 다시 한 번 한숨을
내쉬었다.

"그래. 죽이 되든 밥이 되든 고블린 무리를 만나기야 하
겠지."

"어? 어! 저거 도망가는데요?"

그때, 척후조 헌터들의 따가운 눈총을 받던 헌터가 갑자
기 전방을 가리키며 호들갑을 떨었다.

그에 재식도 얼른 고개를 돌려 그가 가리킨 곳을 바라봤다.

그곳에는 비틀거리며 선로 위를 내달리는 고블린 한 마리
가 있었다.

처음 주성의 실드 차징을 맞고 날아간 고블린이었다.

아무런 움직임이 없기에 죽었으리라 여겼는데, 잠시 정신
을 잃고 쓰러져 있던 듯했다.

"공격이 어설프셔서 다행이네요."

활을 든 헌터는 굳이 덧붙이지 않아도 될 말을 꺼냈다.

뿌드득.

"그래? 참 좋겠네, 내 공격이 어설퍼서. 원래 난 탱커거든? 그리고 혹시 몰라 일부러 죽이지 않은 거라고!"

주성은 그를 잡아먹을 듯이 노려보며 되도 않을 변명을 늘어놨다.

당연히 그 말을 믿을 사람은 이곳에 없었다.

주성은 왠지 분위기가 기묘하게 흘러가자 얼른 말을 덧붙였다.

"자자, 어쨌든 우리 임무는 무사히 완수했으니, 고블린 놈들이 더 나타나기 전에 귀를 챙기고 마정석이 있는지를 확인합시다. 그런 후에 바로 본대에 합류하겠습니다."

왠지 볼이 붉어 보이는 주성이었다.

*　　　　*　　　　*

대규모 고블린 무리와의 전투를 손쉽게 마무리한 뒤, 재환을 비롯한 공대원들은 각자 흩어져 전장을 정리했다.

"우와, 정말 무슨 일이 벌어지고는 있나 보네. 이게 다 몇 개야?"

주성은 마정석이 나오는 걸 지켜보며 혀를 내둘렀다.

비록 최하급 마정석이라고는 하지만, 이 정도의 숫자라면 무시 못할 액수가 된다.

첫 전투에서 나름 훌륭한 성과를 거둔 공대원들은 다들 밝은 표정을 지었다.

"이거, 이렇게 한 번만 더 잡아도 일당은 충분하겠는데요?"

헌터 한 명이 고블린의 귀와 마정석을 재환에게 넘기며 말했다.

"그러게 말이야. 요즘 고블린 중에도 마정석을 가진 놈들이 늘어나서 벌이가 쏠쏠해졌어."

재환은 헌터의 의견에 동의한다는 듯 고개를 끄덕였다.

아닌 게 아니라, 불과 얼마 전까지만 해도 고블린 무리를 잡아봐야 하나 구경할까 말까 한 게 마정석이다.

그런데 오늘은 35마리의 고블린에게서 무려 25개의 마정석이 나왔다.

이건 상식적으로는 도저히 설명할 수 없는 일이었다.

그런 이유에서인지 재환의 표정은 그리 밝지만은 않았다.

수익이 늘어난 것은 분명 좋은 일이긴 하나, 공대를 이끄는 공대장으로서 고민할 수밖에 없는 것이다.

몬스터가 마정석을 품었다는 것은 그만큼 강하다는 말과 같으니까.

미리 함정을 파고 기습을 가한 덕분에 손쉽게 고블린 무리를 처치할 수 있었지만, 만약 그러지 못했다면 희생자가 나왔다 해도 이상할 게 없었다.

기습으로 고블린 무리의 수를 절반이나 줄였는데, 저항이 만만치 않았다.

그동안 사냥한 고블린과는 뚜렷한 차이가 느껴질 정도였다.

"마정석 회수가 다 끝났으면, 얼른 뒤처리하고 자리를 뜹시다."

재환은 사방에 퍼진 피 냄새가 코를 찌를 듯 풍겨오자 인상을 찌푸렸다.

일반적으로 몬스터의 피 냄새는 톡 쏘는 듯한 향을 풍긴다.

짐승에게서 맡을 수 있는 비릿하다거나 역겨운 느낌과는 확실히 달랐다.

게다가 몬스터의 피에는 소량의 독기가 포함돼 있어 장시간 노출되면 환각 상태에 빠질 수도 있다.

평소라면 독소가 대기 중에 희석되어 따로 신경 쓸 필요가 없겠지만, 지금은 35마리나 되는 큰 무리를 한 번에 잡다 보니 뒤처리를 할 수밖에 없는 상황이었다.

재환의 지시에 공대원들이 시체가 널브러진 현장에 혈액 응고제를 뿌렸다.

그러자 화학적 반응을 일어나며 몬스터의 피가 딱딱하게 굳어졌다.

어떤 원리인지는 모르지만, 굳어버린 몬스터의 혈액은 더 이상 독한 냄새와 독기를 뿜어내지 않았다.

"대강 정리한 걸로 보이니, 바로 이동하겠습니다."

"이동!"

재환의 지시가 떨어지자 바로 복명복창이 이어졌다.

습관이 무섭다고, 헌터가 군인은 아니지만 대부분 군 복부 경험이 있어 아주 자연스럽게 행동했다.

그걸 이상하다고 느끼는 헌터들도 아무도 없었다.

"자, 그럼 척후조 먼저 출발하겠습니다."

주성은 재환에게 보고한 뒤, 척후조를 이끌고 먼저 앞장서서 선로를 따라 이동했다.

그렇게 사방을 살피며 얼마를 걸었을까.

재식은 아주 멀리서 희미하게 들려오는 소리를 감지했다.

크워!

크르릉!

그건 마치 여러 짐승이 일제히 울부짖는 소리와 비슷했다.

재식은 서둘러 척후조의 걸음을 멈추게 했다.

자신들이 내던 작은 발소리마저 사라지자, 재식은 희미하게 들리던 소리를 제대로 분간할 수 있었다.

오크의 울음소리 사이로 맹수가 위협을 가하듯 낮게 으르렁거리는 소리가 섞여 있었다.

'지하철 던전에 맹수가 등장한 건가?'

던전에서 짐승의 소리가 들린다는 게 이상하긴 했지만, 그보다 더 이해할 수 없는 점은 맹수의 종류가 하나가 아니라는 점이었다.

재식은 고개를 갸웃거렸다.

하지만 언제까지 짐승 소리를 구분하는 데 시간을 허비할 수는 없었다.

"주성 형님."

"그래, 뭐라도 발견한 거야?"

"방금 무슨 소리 듣지 못하셨어요?"

"응? 무슨 소리?"

주성은 아무것도 듣지 못한 모양인지 인상을 찌푸렸다.

재식은 자신의 귀를 툭툭, 쳤다.

"잠시 집중을 하고 들어보세요."

그저 한 번 들리고 말았다면 환청이라 치부하겠지만, 오크와 맹수가 싸우는 듯한 소리는 여전히 들려오고 있었다.

주성은 재식을 한 번 흘겨보고는 이내 눈을 감고 청각에 집중했다.

크아앙!

크릉!

"어?"

순간, 주성은 눈을 번쩍 떴다.

소리가 울리는 탓에 정확한 위치는 알 수 없지만, 가까운 위치는 아닌 듯했다.

"재식아, 본대로 가서 지금 내용을 보고하고 와라. 나머지는 여기서 대기한다."

"네, 알겠습니다."

*　　　*　　　*

눈부시게 하얀 털을 휘날리는 늑대 한 마리가 거대한 덩치의 오크와 난전을 벌이고 있었다.

크앙!

크워!

오크를 상대하는 건 하얀 늑대뿐만이 아니었다.

조금 떨어진 옆에서는 3미터 크기의 곰 한 마리가 오크 다섯 마리를 동시에 상대하는 중이었다.

그리고 그 주변을 맴도는 검은 표범은 오크가 빈틈을 드러내기를 기다리는 듯했다.

그밖에도 두 마리의 도베르만이 각자 오크 한 마리씩을 맡아 상대하고 있는 중이었다.

짐승과 오크 간의 전투는 참으로 특이했지만, 그런 것과 상관없이 살벌한 풍경이 아닐 수 없었다.

"태식, 효원! 빨리 정리하고 지웅이를 도와줘!"

늑대의 입에서 난데없이 사람의 음성이 튀어나왔다.

"예썰!"

"알겠습니다."

인간의 말을 하는 것은 두 마리의 도베르만도 마찬가지였다.

지금 오크와 혈투를 벌이고 있는 이들은 바로 유전자 시술을 받은 헌터였다.

정확하게는 헌터 협회 남부 지부장에게 의뢰를 받은 성신 길드 소속의 팀 비스트였다.

이들은 현재 지하철 던전의 몬스터들이 이상 행동을 보이는 원인에 대해 조사하는 중이었다.

가급적 전투를 피하며 조심스럽게 움직였지만, 오크 순찰대와 정면으로 딱 마주치는 바람에 전투가 벌어지고 말았다.

열세 마리의 오크를 다섯 명이서 상대해야 하지만, 팀 비스트 헌터들은 전혀 물러서지 않고 당당히 전투에 임했다.

뿐만 아니라 오크 전사가 세 마리나 있어도 팀 비스트는 전혀 위험할 게 없다는 태도였다.

언뜻 오크라는 몬스터가 쉽게 생각될 수도 있지만, 그래도 중급 헌터 정도는 되어야 일대일로 상대가 가능하다.

더욱이 오크 전사는 숙련된 경험이 뒷받침해 주지 않으면 맞서기 힘들 정도였다.

그건 유전자 시술을 받은 헌터라 해도 마찬가지였다.

다섯 명이서 오크 전사가 세 마리나 포함된 순찰대를 상대하는 건 상식 밖의 행동이고, 위험천만한 만용으로 볼 수밖에 없다.

하지만 팀 비스트는 자신들이 어째서 신세대 헌터들 중 최고의 루키라 불리는지 증명하려는 듯 거침없이 행동했다.

수적 열세에도 불구하고 오크 순찰대와 전투를 벌인 팀 비스트는 벌써 다섯 마리의 오크를 죽인 상황이었다.

게다가 그중 한 마리는 오크 전사였는데, 놈을 죽인 건 바로 팀 비스트의 리더인 최충식이었다.

처음 오크 순찰대가 팀 비스트와 조우했을 때, 오크들은 덩치가 가장 큰 이지웅이 가장 위험하다고 판단했다.

그도 그럴 것이, 팀 비스트는 탱커인 이지웅을 가장 선두에 세우고 이동하는 중이었다.

오크들은 무작정 이지웅에게 달려들었고, 그 선택이 오크 전사의 운명을 갈랐다.

팀 비스트는 일반적인 레이드뿐만 아니라 집단 대 집단의 싸움에서도 두각을 드러내 왔다.

그렇기에 평소 진형을 짜서 팀플레이를 하는 데도 익숙한 것이다.

탱커인 이지웅이 중심을 잡고, 양옆으로 민태식과 권효원이, 그리고 리더인 최충식과 백장미가 약간 떨어진 후위에 포진한 구성은 팀 비스트의 기본적인 포메이션이다.

앞에 선 삼인방이 시선을 끄는 동안 팀 내 살상력이 가장 높은 최충식이 일격을 가하는 것.

그러나 오크들은 그런 사실을 전혀 알지 못한 채 이지웅과 민태식, 권효원에게 정신이 팔렸다.

그리고 그 대가를 크게 치렀다.

빈틈을 노린 최충식이 너무나 손쉽게 오크 전사의 숨통을 끊은 것이다.

오크 전사의 목을 물어뜯은 최충식은 당황한 오크들의 공격을 유유히 빠져나왔다.

그러고는 가장 뒤에 서서 지시를 내리는 또 다른 오크 전사에게 달려들었다.

인간이나 몬스터나 할 것 없이 집단전에서 가장 중요한 건 사기다.

어느 쪽이 먼저 상대방의 사기를 꺾느냐에 따라 승패가 갈라지는 것이다.

최충식이 우두머리를 상대하기 위해 전열을 이탈하자, 나머지 팀원들은 다른 오크들의 발을 묶기 위해 신속하게 움직였다.

4대 12.

얼핏 봐도 오크 쪽의 우세가 확실한 상황이다.

네 헌터는 순식간에 오크들에게 둘러싸여 목숨을 잃을 듯 보였다.

하지만 그런 걱정은 기우에 불과했다.

오크들의 공격은 이지웅이 질긴 가죽에 막혀 제대로 된 치명상을 입히지 못했다.

오히려 그사이, 백장미가 예리한 발톱으로 오크 두 마리의 목을 베어버렸다.

민태식과 권효원도 각자 오크 한 마리씩을 해치우며 어느새 숫자는 4대 8이 되었다.

여전히 두 배에 이르는 숫자지만, 팀 비스트는 전혀 개의치 않았다.

이지웅이 오크 전사 한 마리의 발을 묶어두는 사이, 백장미와 민태식, 권효원은 일반 오크들의 숨통을 하나하나 끊어 나갔다.

오크 순찰대와 팀 비스트 간의 싸움이 막바지로 접어들 무렵, 일단의 무리가 몰려와 전투를 지켜봤다.

그건 바로 재환이 이끄는 임시 공대였다.

재환은 재식의 보고를 받고 나서 곰곰이 생각에 빠져들었다.

그러다 얼마 지나지 않아 유전자 시술을 받은 헌터가 던전에 들어왔을 것이라 판단했다.

몬스터 중에도 맹수와 비슷한 울음소리를 내는 개체가 있기야 하지만, 지금껏 지하철 던전에서 발견된 적은 한 번도 없었다.

그도 그럴 것이, 그런 동물형 몬스터들은 지하를 선호하지 않는다.

놈들은 인공 구조물이 아닌, 자연이 어우러진 숲이나 산간 지역에 주로 서식했다.

하지만 혹시 자신이 알지 못하는 몬스터가 있을지도 모른다는 판단에 흩어진 공대원들을 모두 한자리로 불러 모았다.

그런 뒤, 조심스레 전투가 벌어지는 현장에 접근했다.

다행스럽게도 눈앞에 펼쳐진 광경은 재환의 예상을 벗어나지 않았다.

처음 생각한 대로 맹수의 울음소리를 낸 것은 유전자 시술을 받은 헌터가 맞았다.

그제야 재환은 긴장을 풀고 안도의 숨을 크게 내쉬었다.

하지만 당장 나서지는 않았다.

자신들의 도움이 필요할 정도로 힘에 겨운 상황도 아니고, 오히려 헌터들이 빠르게 오크들의 수를 줄여 나가고 있는 중이었다.

원래 위급한 상황이 아니라면 다른 공대의 사냥에 끼어들지 않는 게 헌터들 간의 불문율이다.

결국 재환은 저들이 싸움을 마칠 때까지 가만히 기다리기로 마음먹었다.

한편, 재식은 눈앞의 헌터들이 팀 비스트라는 걸 한눈에 알아차렸다.

얼마 전, 옥외 전광판을 통해 본 짐승들이랑 똑같은 구성인데, 그걸 알아보지 못한다면 말이 안 되었다.

당연히 저 하얀 늑대는 최충식일 테고.

멋지게 오크 전사를 상대하는 최충식을 보고 있으려니, 재식은 절로 한숨이 흘러나왔다.

9. 최충식이 던져 준 선물

우두머리 오크 전사를 상대하던 최충식은 멀리서 다수의 인원이 다가오는 걸 진즉에 파악했다.

최충식은 우두머리 오크 전사가 내려찍는 도끼를 가볍게 피하며 뒤로 풀쩍 물러났다.

그런 후, 발소리가 들려온 곳으로 고개를 돌렸다..

'저것들은 뭐지?'

최충식은 재환의 이끄는 공대를 보고 고개를 갸웃했다.

겁을 상실한 고블린인가 싶었는데, 그들의 정체는 의외로 사람이었다.

그러자 일반 헌터들이 지하철 던전을 생계 삼아 사냥을

한다는 말이 문득 떠올랐다.

그러자 자연스레 저들의 반응이 이해되었다.

일반 헌터에 불과한 저들은 지금껏 중급 헌터의 전투를 직접 목격한 적이 없을 것이다.

그러니 저렇게 신기하다는 듯이 바라보는 것일 테지.

다행히 천지 분간은 할 줄 아는 듯 함부로 끼어들 생각은 없어 보였다.

일반 헌터들 중에는 주제도 모르고 나서는 이들이 많은 데, 그래도 기본적인 개념은 갖춘 듯 조용히 바라보고만 있지 않은가.

왠지 흐뭇한 마음에 최충식은 보다 강렬한 모습을 보여주기로 마음먹었다.

"이봐들, 구경하시는 분들이 생겼다. 모처럼 멋진 모습을 한 번 보여주자고."

"네? 구경꾼이라고요?"

"어디? 어디?"

최충식의 말에 민태식과 권효원을 고개를 돌려 이리저리 살폈다.

오크 따윈 신경도 쓰지 않는다는 듯 여유롭기 짝이 없는 모습이었다.

"아, 저기 있네."

"흐흐흐, 마치 현장 학습 나온 학생 같네."

"저렇게 눈을 초롱초롱 빛내고 있는데, 실망시켜서는 안 되겠지?"

"그야 두말하면 잔소리지."

"그럼 한 번 해볼까?"

"오케이."

장난치듯 말을 주고받던 도베르만 두 사람은 몇 걸음 물러나 오크에게서 떨어지더니, 곧 부르르 몸을 떨기 시작했다.

우드득!

두 사람에게서 갑자기 뼈가 뒤틀리는 소리가 흘러나오더니, 점점 몸집이 커져 갔다.

방금 전까지만 해도 영락없는 도베르만의 외형이었는데, 어느새 인간형으로 탈바꿈한 것이다.

그래도 얼굴이나 발 등은 여전히 도베르만의 특성을 갖고 있어, 마치 그리스 신화의 아누비스를 보는 듯했다.

두 사람은 변신을 마치자마자 바로 오크에게 달려들었다.

그러더니 손에 잡히는 대로 오크의 몸을 갈기갈기 찢어냈다.

이지웅도 어느새 반인반수의 형태로 몸을 변형시켜 오크 전사를 몰아붙였다.

그전까지 방어 일변도의 모습에서 벗어나 묵직한 주먹을 한 방, 한 방 내질렀다.

펑, 펑!

이지웅의 주먹이 오크 전사의 몸에 틀어박힐 때마다 가죽 터져 나가는 소리가 선로 내부에 울려 퍼졌다.

꾸웨액!

결국 더는 견디지 못한 오크 전사는 목청이 터질 듯 굴욕적인 비명을 내질렀다.

하지만 이지웅은 전혀 멈출 생각이 없다는 듯 오크 전사를 완전히 피떡으로 만들어 버렸다.

팀 비스트의 네 사람이 오크들을 처리하고 최충식 쪽을 바라보자, 이미 그곳도 상황은 끝나 있었다.

하얀 늑대인간이 된 최충식은 우두머리 오크 전사의 목덜미를 물어뜯은 후, 한 움큼의 살점을 내뱉었다.

어찌나 깊게 물었는지, 우두머리 오크 전사의 목은 겨우 대롱대롱 매달려 있는 듯했다.

오크들을 모두 해치운 걸 확인한 최충식은 그제야 인간의 모습으로 서서히 돌아왔다.

그러고는 재환의 공대가 모여 있는 곳으로 걸음을 옮겼다.

"어? 대장, 보고도 안 받고 어디 가요?"

권효원이 의아해하며 불러 세웠지만, 최충식은 걸음을 멈추지 않았다.

"뭐야, 왜 저래?"

최충식의 돌발적인 행동에 권효원이 고개를 갸웃하자, 이지웅은 대수롭지 않다는 듯 말을 꺼냈다.

"나도 모르지. 대장이 언제 우리한테 일일이 설명하는 거 봤냐? 항상 제멋대로 일을 벌이잖아."

그 말에 효원이 피식 웃음을 흘렸다.

"하긴, 우리가 맞춰야지 어쩌겠어."

리더인 충식은 공대원들과 살갑게 지내는 타입이 아니었다.

뿐만 아니라 말을 걸어도 무시하기 일쑤였다.

그럴 때마다 팀원들은 불만이 쌓였지만, 그런 마음을 드러내지는 않았다.

괜히 최충식에게 찍혔다가는 더 피곤한 상황으로 이어질 게 뻔하기에.

아무리 더럽고 아니꼽더라도 팀에 남아 있으려면 감내할 수밖에 없는 일이었다.

"신경 쓰지 말고 어서 가자. 괜히 또 한소리 들을라."

민태식이 딱딱한 말투로 한마디를 건네고는 두 사람을 지나쳐 걸어갔다.

백장미 역시 최충식의 태도에 짜증이 난다는 듯 인상을 잔뜩 찌푸린 채 말없이 뒤를 쫓았다.

언제나 한결같은 레퍼토리에 권효원은 한숨을 내뱉으며 발을 뗐고, 이지웅 역시 머리를 벅벅 긁으며 따라갔다.

"어? 공대장님, 저 사람들이 이쪽으로 오는데요?"

공대원 중 한 명이 조금은 당황스럽다는 듯이 말을 꺼냈다.

"음, 일단 기다려 보죠. 우리가 딱히 해를 가한 것도 아니고, 뭔가 우리에게 할 말이 있는 것일지도 모르니까요."

재환은 공대원들을 안심시키기 위해 일부러 밝게 말을 꺼냈지만, 가슴 한편으로는 불안감이 싹텄다.

솔직히 중급 헌터가 뭐가 아쉬워서 일반 헌터에게 손을 벌리겠는가.

괜히 꼬투리를 잡아 시비나 걸지 않으면 다행이었다.

"음……."

재환은 점점 다가오는 최충식의 모습을 바라보며 저도 모르게 신음을 흘렸다.

'무슨 일일까? 우린 그저 지켜본 것뿐인데…….'

헌터라면 자신이 사냥한 몬스터를 수습해 수익을 챙기는 게 정상이다.

그런데 최충식은 그런 일 따윈 전혀 알 바 아니라는 듯 걸음걸이에 거침이 없었다.

그것은 분명 자신들에게 뭔가 용무가 있다는 의미였다.

사실 상대가 일반 헌터였다면 재환이 이렇게까지 경계하지는 않았을 것이다.

어차피 헌터 협회의 의뢰를 받아 던전에 들어왔을 테니, 서로 적대할 이유가 없는 것이다.

하지만 오크 순찰대를 간단히 물리칠 정도의 실력을 보유한 중급 헌터들이 지하철 던전에 있다는 건 몹시 수상한 일이었다.

가장 먼저 떠오르는 건 지하철 던전 내 이상 현상을 조사하겠다는 헌터 협회의 지침이었다.

그렇다면 중급 헌터들의 존재도 어느 정도 납득할 수 있으니까.

그런데 만약 그게 아니라면…….

'설마 블랙 헌터는 아니겠지?'

퍼뜩 그런 생각을 떠올린 재식이 마른침을 꿀꺽 삼켰다.

그때, 재환의 생각을 들여다보기라도 한 듯 최충식이 넉살 좋게 말을 건넸다.

"여어~ 다들 너무 긴장하지 마시죠. 내가 그쪽을 어떻게 하려는 건 아니니까."

하지만 그게 오히려 역효과를 일으킨 듯 헌터들은 저마다 손에 쥔 무기를 꽉 움켜쥐었다.

충식은 경계하는 헌터들의 모습에 뒷머리를 긁적이며 걸음을 멈췄다.

계속 접근했다가는 헌터들이 겁을 집어먹고 도망칠 수도 있기 때문이다.

그건 최충식이 바라는 바가 아니었다.

"안녕하세요. 저희는 신성 길드 산하의 팀 비스트입니다. 저는 대장을 맡고 있는 최충식이고요."

최충식이 먼저 자신을 소개한 게 효과가 있었는지, 재환의 잔뜩 움츠러든 어깨가 조금은 펴졌다.

"네, 반갑습니다. 헌터 협회의 의뢰로 임시 공대를 이끄는 김재환입니다. 그런데 저희에게 무슨 용건이라도……."

"아, 저희는 지금 헌터 협회의 요청으로 지하철 던전의 이상 현상에 대한 원인을 조사 중입니다."

"아, 그러시군요."

이어진 최충식의 설명에 재환은 그제야 완전히 안심한 듯 안도의 한숨을 내쉬었다.

"방금 전, 저희가 싸우는 장면을 보셨겠지만, 일반 헌터 분들이 돌아다니기에는 위험 요소가 너무 많은 듯합니다. 그러니 여러분은 이만 돌아가시는 게 좋겠습니다."

최충식이 평소와 달리 이런 말을 하는 데는 다 이유가 있었다.

친절한 이미지를 사람들에게 각인시키는 것.

그게 바로 최충식이 노리는 바였다.

안 그래도 자신에게 온갖 비난이 쏟아지는 걸 모르지 않기에 이런 행동 하나가 큰 도움이 될 터였다.

하지만 재환으로서는 난감한 제안일 뿐이었다.

"음, 무슨 말씀이신지는 잘 알겠습니다. 하지만 저희 공대는 고블린 무리와 한 번 마주친 게 전부입니다. 이대로 돌아가면 하루 일당도 나오지 않아서요."

사실 몬스터들이 이상 행동을 보이기 전에도 던전이 위험한 건 매한가지였다.

최하급 몬스터를 찾아 던전을 헤매고, 조금이라도 강한 몬스터와 마주치면 부리나케 도망치는 게 자신들의 일상인 것이다.

게다가 위험하다는 걸 잘 알기에 공대원을 더 모집하기까지 하지 않았는가.

물론, 이렇게 주의한다고 해서 안전하다는 건 아니지만.

최충식은 모처럼 자신이 좋은 말을 해주는데도 전혀 들어먹지 않는 재환의 태도에 기가 막혔다.

"…목숨보다 돈이 더 중요하다는 겁니까?"

"그건 아닙니다만, 충분히 조심하면 될 일입니다."

최충식은 말귀를 알아듣지 못하는 재환의 태도에 미간을 좁혔다.

일반 헌터들을 아무리 많이 모아봐야 오크 순찰대의 적수가 될 수는 없다.

그런데도 지금 재환은 되도 않는 고집을 부리고 있는 것이다.

최충식은 일반 헌터들을 주욱 훑어봤다.

꼴에 장비랍시고 들고 있는 것들은 자신이 손짓 한 번이면 모조리 박살 날 것만 같았다.

게다가 하나같이 단련하지 않은 몸은 툭, 건드리기만 해도 뼈가 부러질 것이다.

'응?'

그때, 최충식의 눈에 특이한 한 사람이 들어왔다.

다른 이들은 모두 자신 말 한마디, 행동 하나에 집중하고 있었다.

그런데 유독 한 명만은 뭐가 문제인지 고개를 돌린 채 자신을 외면하고 있었다.

최충식은 고개를 갸우뚱했다.

분명 저 모습은 자신을 피하려는 몸짓이다.

게다가 왠지 모르게 어디서 마주친 적이 있는 것처럼도 느껴졌다.

'누구지? 생각이 날 것도 같은데…….'

하지만 아무리 기억을 되짚어 봐도 떠오르는 게 없었다.

그때, 갑자기 대화가 끊기자 상황을 확인하기 위해 고개를 돌리던 재식과 정면으로 눈이 마주쳤다.

'음, 분명 기억에 있는 얼굴인데…….'

재식은 당황한 듯 얼른 고개를 돌렸지만, 오히려 그런 행동이 최충식의 기억을 되살려 주었다.

'아, 고등학교 때 그놈이군.'

드디어 재식의 정체를 알아낸 최충식이 야릇한 표정으로 입술을 핥았다.

질풍노도의 학창 시절, 집안의 기대를 충족시키지 못한 최충식은 그 스트레스를 다른 아이들을 괴롭히며 풀었다.

소위 말해 장난감.

최충식에게 있어 자기보다 부족한 아이들은 장난감에 불과할 뿐이었다.

간혹 반발하는 놈들이 있어 문제가 되기도 했지만, 그런 놈들은 더욱 강하게 몰아붙이면 결국 무릎을 꿇고 용서를 빌었다.

그러던 중 재식은 괴롭히는 맛이 각별한 놈이었다.

가진 것도 없는 게 뭘 믿고 나대는지, 장난을 칠 때마다 바락바락 대들었으니, 당시의 최충식은 망가지지 않는 장난 감이 생겼다고 좋아했다.

그때의 기억을 떠올리자 최충식은 왠지 모르게 반가운 기분이 들었다.

'무슨 생각인지 빤하지…….'

한편, 최충식이 입술을 혀로 핥는 걸 목격한 재식은 인상을 와락 구겼다.

그 행동은 무엇을 의미하는지 잘 알기 때문이다.

아니나 다를까, 최충식은 갖고 놀 만한 장난감을 발견한 듯 눈을 빛냈다.

"김재환 공대장님, 그쪽 공대원 중에 제 지인이 있는 것 같은데, 잠시 대화를 나눠도 되겠습니까?"

"네?"

재환이 뭐라 하기도 전에 최충식은 재식에게 성큼성큼 다가왔다.

"여어~ 정재식, 오랜만이다. 나 기억하지?"

최충식은 마치 죽마고우를 만나기라도 한 듯 친근하게 말을 걸어왔다.

"…그래, 정말 오랜만이네."

재식은 사람들의 시선이 몰리자 대충 장단을 맞춰주었다.

최충식의 성격상 이 자리에서 모른 척을 하면, 괜히 망신을 줬다며 두고두고 골치 아프게 굴 게 분명했다.

일단은 비위가 상하더라도 적당히 대꾸하는 게 신상에 이로웠다.

그 모습에 두 사람의 과거를 모르는 다른 공대원들은 놀랍다는 듯이 수군거렸다.

"뭐야? 정말 막내가 중급 헌터랑 아는 사이야?"

"중급 헌터가 친구면 좀 도와달라고 하지, 뭐 하러 힘들게 임시 공대를 전전한대?"

"친구 사이에 자존심을 챙기는 건가?"

다른 사람들이 뭐라 떠들든 전혀 개의치 않는다는 듯이 최충식은 여전히 반갑다는 듯이 말을 걸어왔다.

"근데 넌 언제 헌터가 된 건데?"

"…시작한 지는 반년 정도 됐어. 아직은 일반 헌터지만, 벌이도 꽤 괜찮아."

"거참, 헌터가 될 거면 날 찾아오지 그랬냐. 이래 봬도 내가 신성 길드에서 밀어주는 차세대 리더라고."

"그래, 말이라도 고맙다."

재식은 어처구니가 없었지만, 지금은 마음에도 없는 말을 해야만 했다.

"너도 아까 들었겠지만, 지금 헌터 협회 남부 지부장의 의뢰로 조사 중인데… 뭐 아는 거라도 있냐?"

재식은 가만히 고개를 내저었다.

솔직히 말해 협회에 보고한 것 이상은 자신도 아는 게 전혀 없기 때문이다.

"흐음, 그러냐? 혹시 들은 것도 없고?"

"일반 헌터가 뭘 알겠냐. 그런 건 네가 더 잘 알겠지."

"흐흐흐, 그건 그렇지."

최충식은 재식이 자신을 띄워주듯 말을 하자 만족스런 미소를 지었다.

그 역겨운 모습에 재식은 구역질이 치밀어 올랐다.

하지만 억지로 참아내며 내색하지 않으려 애를 썼다.

'예전이나 지금이나 넌 변한 게 없구나.'

최충식은 언제나 주변 사람들을 깎아내리며 자신을 치켜

세웠다.

웃기게도 그런 방식은 제법 잘 먹혔다.

재식은 힐끗 자신과 최충식을 바라보는 주변 사람들을 확인했다.

아니나 다를까, 공대원들은 자신을 부럽다는 눈빛으로 바라보고 있었다.

'휴, 이놈의 추종자가 더 늘어나겠군.'

재식은 터져 나오려는 한숨을 속으로 삼켰다.

그러고는 부디 이 대화가 빨리 마무리되기를 바랐다.

하지만 최충식은 이 즐거운 상황을 조금 더 즐기고 싶은 모양이었다.

"아, 맞다. 돈 때문에 헌터 일을 시작한 게 반년 전이라고?"

"…뭐, 그렇지."

'분명 좀 전에 설명했는데, 다시 물어보는 이유가 뭐야?'

재식은 충식과 대화를 나누는 일분일초가 너무도 아까웠다.

아버지 병원비를 마련하기 위해서라면 몬스터 사냥에만 전념해도 시간이 부족했다.

그런데 이렇게 쓸데없이 시간을 허비하고 있으니, 괜히 마음만 답답해졌다.

만약 놈의 눈에 띄지 않았다면, 지금쯤 고블린 무리와 조우했을지도 모를 일이 아닌가.

그런데 그때, 도저히 믿을 수 없는 말이 들려왔다.

"그럼 저것들 처리는 네가 알아서 해라."

"응?"

재식은 최충식이 방금 무슨 말을 한 것인지 선뜻 이해할 수가 없었다.

최충식이 가리킨 방향에는 오크의 시체만이 널브러져 있다.

그렇다는 건⋯⋯.

너무 놀란 재식이 얼른 다시 한 번 물었다.

"저 오크 시체들을 나한테 넘긴다고?"

"어, 그래. 우리 팀은 조금 더 던전을 돌아봐야 하거든. 오크의 부산물 따위는 짐이나 마찬가지야."

생각지도 못한 최충식의 제안에 재식의 머리가 복잡해졌다.

슬쩍 보기만 해도 팀 비스트가 잡은 오크의 수는 열을 넘었다.

게다가 오크는 고블린과 달리 무조건 마정석을 얻을 수 있다.

하급 마정석의 가격이 천만 원 내외이니, 무려 억 단위의 돈이 생기는 셈이다.

재식은 도무지 믿을 수가 없어 거듭 물었다.

"정말 오크 시체를 나한테 넘긴다고?"

"거참, 내가 분명 준다고 했는데, 무슨 의심이 그렇게 많냐? 내가 이런 걸로 장난칠 사람도 아니고. 너희도 찬성이

지?"

최충식은 슬쩍 뒤를 돌아보며 자신의 팀원들에게 물었다.

그의 질문에 이지웅은 어깨를 으쓱해 보였고, 민태식은 가만히 고개를 끄덕였다.

"대장님이 알아서 하세요. 오랜만에 만난 친구한테 선물하면 좋죠."

앞선 두 사람과 달리 권효원은 싱글 웃으며 거들었다.

"거 봐, 내 팀원들도 상관없다잖아."

재식은 선택의 권한이 자신에게 넘어오자 인상을 찌푸렸다.

최충식의 값싼 동정심은 분명 아버지의 치료비를 마련하는 데 크게 도움이 될 것이다.

하지만 솔직한 심정으로는 최충식의 도움을 받고 싶지 않았다.

아버지의 약값은 자신이 한 달 동안 쉬지 않고 열심히 벌면 어떻게든 마련할 수 있다고 여겼기 때문이다.

마음 같아서는 단칼에 그의 제안을 거절하고 싶지만……

재식이 결정을 망설이며 주저하자, 옆에 서 있던 공대원 중 한 명이 그에게 속삭이듯 말을 했다.

"뭐 해? 그냥 준다는데, 안 받을 거야?"

"네?"

재식은 갑작스런 물음에 고개를 돌렸다.

"어……"

재식의 결정을 기다리는 건 질문을 던진 공대원 한 명만이 아니었다.

공대원 전원의 시선이 재식에게 쏠려 있었다.

그건 분명 재식이 오크 시체를 받기를 기대하는, 뜨거운 시선들이었다.

'설마… 이걸 노린 거야?'

재식은 미간을 좁히며 어금니를 꽉 물었다.

선택은 어디까지나 자신의 몫이지만, 최충식은 주변 상황을 이용해 자신의 제안에 따를 수밖에 없도록 만들었다.

제식은 다시금 최충식을 바라봤다.

그의 입가에 맺힌 미소가 더욱 짙어졌다.

이 상황이 즐겁기 그지없는 것이리라.

"…그래, 고맙다."

재식은 피를 토하는 심정으로 간신히 말을 내뱉었다.

"고맙긴, 자식아. 오랜만에 만났는데, 내가 이 정도도 못 해주겠냐."

최충식은 할 말을 모두 끝냈다는 듯 미련 없이 등을 돌렸다.

그러고는 손을 들어 올려 흔들며 작별을 고했다.

"이렇게 만난 것도 인연인데, 다음에 한가할 때 한 번 연락해라."

재식은 충식이 말도 안 되는 소리를 지껄이자 기가 막힐 지경이었다.

하지만 드디어 대화가 끝났기에 목젖까지 튀어나온 욕설을 꿀꺽 삼켰다.

충식과 그의 팀원들이 멀어지는 걸 재식은 가만히 바라보며 서 있었다.

팀 비스트가 시야에서 완전히 사라지자, 공대원들이 재식 주변으로 우르르 몰려들었다.

"이야, 재식아, 너 정말 횡재했다."

"부럽다. 저렇게 통 큰 헌터도 알고……."

헌터들은 재식을 부러워하며 눈을 반짝였다.

재식은 최충식의 허상에 홀린 사람들을 바라보며 허탈한 미소를 지었다.

"제가 아니더라도 마주친 아무 공대에나 넘겼을 겁니다. 그래서 드리는 말씀인데, 오크의 뒤처리 좀 같이해 주세요. 저 혼자 하려면 시간이 좀 걸릴 것 같습니다."

"그래? 그럼……."

"당연히 수익도 공평하게 배분해야죠."

"키야~ 재식이도 친구 못지않게 화끈한데?"

재식의 결정에 공대원들이 엄지를 치켜들며 희희낙락했다.

그 와중에 재환이 다가와 질문을 던졌다.

"정말 그렇게 해도 괜찮겠어?"

"네. 어차피 공돈이잖아요. 혼자 먹으면 배탈 날 것 같습니다."

재식은 어차피 충식의 도움을 받는다는 게 마땅찮았기에 공대원들과 수익을 나눠 가지는 게 전혀 아깝지 않았다.

"자, 다들 주목해 주십시오."

재식의 의사를 확인한 재환이 공대원들을 이목을 집중시켰다.

"다들 아시다시피, 최충식 헌터의 충고대로 던전이 위험한 건 사실입니다. 저희가 위험을 무릅쓴 이유가 일당을 벌기 위함인데, 재식이 덕분에 그 걱정을 덜게 됐습니다. 그러니 오늘 사냥은 여기까지 하고 돌아가는 게 좋을 것 같습니다. 어떻게 생각하십니까?"

"나쁠 거 없지요."

"그래. 얼마나 될진 몰라도 오크 시체가 열구가 넘는데, 하루 일당은 충분하지."

공돈이 생겨 좋아하던 헌터들은 너나 할 것 없이 재환의 의견에 동의했다.

"알겠습니다. 그럼 오크 시체를 빠르게 처리하고 돌아가도록 하겠습니다."

한편, 팀 비스트는 여전히 던전 안쪽으로 나아가고 있었다.

"충식 씨, 방금 전에는 왜 그런 거야? 그 하급 헌터랑 많이 친했나 봐?"

백장미는 조금 전 최충식이 보인 행동의 이유가 궁금했는지 바짝 붙어서 말을 걸어왔다.

그녀가 아는 최충식은 자신의 것을 아무 이유 없이 남에게 베풀 사람이 결코 아니기 때문이다.

"넌 뭐가 그렇게 궁금한 게 많냐?"

"궁금한 거야 항상 많지."

"나중에 얘기해. 지금 임무 수행 중이잖아."

최충식이 대답을 회피하자 백장미는 인상을 찌푸렸다.

"충식 씨, 요즘 나한테 너무 차갑게 대하는 거 알지?"

"아, 그만하자니까!"

"아니, 왜 갑자기 소리를 지르고 그래?"

백장미는 최충식이 버럭 화를 내자 그에 맞서 목소리를 키웠다.

그 살벌한 모습에 팀 비스트의 다른 세 사람은 눈치만 살폈다.

분위기가 좋지 않다는 것을 파악한 최충식이 얼른 꼬리를 내렸다.

"하아… 그만하자."

"그만하긴 뭘 그만해! 요즘 자기 이상한 거 알아?"

사실 최충식과 백장미는 서로 연인 사이였다.

최충식은 성신제약 상무이사의 아들이고, 그녀는 성신제약 회장의 손녀였다.

즉, 두 사람은 집안의 사정으로 인해 결혼해야만 하는 사이인 것이다.

당연히 둘 사이에는 이해와 배려가 일체 존재하지 않았다.

그러다 보니 두 사람의 대화는 지금처럼 다툼으로 끝나는 경우가 많았다.

"…내가 요즘 피곤한 거 알잖아. 기분 나빴다면 미안해."

최충식은 함부로 대할 수 없는 백장미가 껄끄러웠다.

게다가 신성제약 산하 길드의 대표는 장미의 아버지가 맡고 있는 터라 온갖 비위를 맞춰줘야 한다는 사실이 끔찍하게 싫었다.

백장미는 그런 자신의 입장을 잘 알기에 더욱 집요하게 물어왔다.

"그래서 친한 친구였냐고."

"친구는 아니고, 내 장난감이었어."

"어머, 그랬어?"

소싯적에 최충식이 일진 놀이를 했다는 건 백장미도 익히 아는 사실이었다.

그녀 역시 똑같은 짓을 하며 학창 시절을 보냈기 때문이다.

그런 이유로 최충식의 간단한 한마디에도 백장미는 그게 무슨 의미인지 금방 알아차릴 수 있었다.

"그런데 장난감에게 오크 시체를 넘긴 이유는 뭐야?"

그냥 대충 넘어가면 좋을 텐데, 백장미는 포기를 몰랐다.

"뭐, 별다른 이유는 없어."

"설마 개과천선이라도 한 거야?"

"그런 거 아니라니까. 그냥 오크 시체를 수습하는 게 귀찮았을 뿐이야. 그리고 이렇게 그놈 주변에 내가 좋은 사람이라는 인식을 심어두면 어디 가서 내 욕을 하지도 못할 테고. 어차피 우리가 오크 부산물을 챙길 정도로 돈이 궁한 것도 아니잖아."

최충식은 그제야 본심을 드러냈다.

"역시… 이래야 내가 아는 최충식이지."

백장미는 만족스런 답변을 얻었는지, 고개를 끄덕이며 충식에게서 조금 떨어졌다.

그러다 생각났다는 듯이 한마디를 덧붙였다.

"그런데 아까 도움이 필요하면 찾아오라고 했잖아. 그거 진심이야?"

"푸하하하!"

최충식이 갑자기 웃음을 터뜨렸다.

"뭐야? 왜 그러는 건데?"

"그냥 웃겨서. 아, 너는 그놈 성격을 모르니까 궁금할 수밖에 없겠네."

"그 사람 성격이 어떤데?"

"그놈이 날 찾아올 일은 절대 없어."

단정 짓듯 말을 꺼내며 최충식은 학창 시절의 기억들을 떠올려 봤다.

재식에 대한 기억나는 것은 괴롭힘을 당하면서도 꿋꿋하게 맞서던 모습들뿐이다.

하지만 백장미는 그 말을 믿지 못하는 듯했다.

"아니, 자존심 따윈 다 버리고 찾아올 수도 있지. 나는 그런 경우를 몇 번 봐왔거든."

"그래?"

"응. 내가 괴롭힌 년들이 한 번만 도와달라며 찾아오더라고."

최충식은 백장미의 답변에 흥미가 동했다.

"그래서 어떻게 했는데?"

"마음에 드는 애들은 적당히 도와줘서 개처럼 부리는 중이고, 별로인 애들은 좀 갖고 놀다가 쓸모없어지면 버렸어."

"그래? 그것도 좋은 방법이네. 도움을 구걸하는 모습을 보는 것도 꽤 재미있겠어."

충식의 입가에 잔인한 미소가 번져 나갔다.

오후 1시.

헌터 협회의 의뢰를 받은 헌터들이 복귀하기에는 아직 이른 시각이다.

하지만 재식이 속한 공대는 일찌감치 몬스터 사냥을 마치고 협회로 돌아왔다.

그건 최충식이 재식에게 넘긴 오크의 시체 덕분이었다.

"오늘 일당은 얼마나 되려나?"

주성은 재식의 속마음도 모른 채 기분 좋은 콧노래를 흥얼거리며 말했다.

그건 다른 공대원들도 마찬가지였다.

최충식의 도움을 받았다는 사실에 짜증이 난 건 오직 재식뿐이었다.

"못해도 천은 넘기겠지?"

주성이 기대에 찬 눈빛으로 묻자, 재식은 머릿속으로 대충 계산을 하더니 답을 해주었다.

"네. 대충 천삼백 정도 나오겠네요."

"크으~ 재식아, 너 다음에 또 언제 일 나오냐? 날짜랑 시간 좀 알려줘라."

재식은 피식 웃음을 터뜨렸다.

재식과 함께 일을 하며 매번 대박을 터뜨렸으니, 주성의 마음도 이해하지 못할 바는 아니었다.

"저는 한동안 매일 출근 도장 찍을 거예요."

"어? 하루도 안 쉬고?"

"네. 그럴 일이 있거든요."

주성은 고개를 갸웃거리더니 재차 물었다.

"왜? 돈 모아서 유전자 시술이라도 받으려고?"

재식은 그저 어깨를 으쓱해 보이고 말았다.

굳이 아버지의 치료비가 필요하다는 말을 꺼낼 필요가 없기 때문이다.

만약 돈이 급한 자신의 사정을 밝히면 모처럼 축제 분위기에 찬물을 끼얹는 꼴이 될 게 뻔했다.

"이거, 이거… 그렇게 안 봤는데, 아주 건실한 청년이었네?"

그때, 정산을 마친 김재환이 휴게실로 돌아왔다.

"모두 주목해 주십시오."

재환의 부름에 흩어져 있던 공대원들이 빠르게 모여들었다.

그는 공대원들이 한 명도 빠짐없이 모인 걸 확인한 후에 다시 입을 열었다.

"오전에 잡은 고블린 서른다섯에게서 얻은 최하급 마정석은 스무 개입니다. 그리고 재식이 팀 비스트로부터 받은 오크 열세 마리와 거기서 나온 중급 마정석 한 개, 그리고 하급 마정석 열두 개가 오늘의 총 수익입니다."

재환의 말에 공대원들은 입이 찢어질 정도로 활짝 웃었다.

"거기에 세금을 제외하고 정확하게 3억이 남았습니다. 한 사람당 1,500만 원이니까, 각자 확인해 보십시오."

재환이 흰 봉투 스무 개를 테이블 위에 올려놓자, 공대원들이 일제히 달려들어 하나씩 챙겼다.

재식은 가만히 앉아 그 모습을 지켜보다가 마지막으로 남은 봉투를 가져왔다.

봉투 안에는 빳빳한 천만 원 권 수표 한 장과 백만 원짜리 수표 다섯 장이 들어 있었다.

"돈에 이상 있는 분은 안 계십니까?"

재환은 공대원들을 돌아보며 질문했다.

물론 손을 든다거나 고개를 갸웃거리는 공대원은 없었다.

"자, 그럼 이걸로 해산합시다."

재환이 선언과 함께 공대원들은 일제히 휴게실을 나섰다.

재식도 자리에서 일어나며 주성에게 예의상 인사를 건넸다.

"형님, 수고하셨습니다. 다음에 또 뵐 수 있으면 좋겠습니다."

"그래. 넌 매일 나온다고 했으니까, 언제든 볼 수 있겠지."

휴게실을 나선 재식은 아직 이르기는 하지만, 그냥 집으로 돌아가기로 마음먹었다.

사실 느지막이 출발하는 임시 공대를 찾으면, 한 번 더 사냥에 나설 수는 있다.

하지만 최충식을 만난 탓인지 정신적으로 무척 피곤했다.

오늘은 그저 아무 생각 없이 쉬고 싶은 재식이었다.

10. 최충식의 제안

헌터 협회의 정문으로 들어서려던 재식의 눈에 새로운 안내문이 띄었다.

'지하철 던전 폐쇄 공고라고?'

구구절절한 사연들이 적혀 있지만, 중요한 건 딱 한 문장이었다.

이상 현상으로 인해 지하철 던전의 출입을 금함.

'어이구, 참 빨리도 처리하네. 일 다 터지고 나서 막아봐야 무슨 의미가 있다고……'

재식은 내심 혀를 차며 인상을 구겼다.

헌터 협회는 던전 내부의 몬스터가 늘어나자 임시방편으로 공대의 규모를 늘렸다.

하지만 그렇다고 사정이 나아진 건 아니었다.

아니, 경험이 부족한 공대장이 이끄는 공대는 오히려 더 위험해졌다.

규모가 커진 만큼 그에 맞는 운용법을 적용해야 하는데, 그 정도로 능력이 뛰어난 공대장은 찾아보기 힘들었다.

결국 얼마 지나지 않아 사고가 터지고 말았다.

해당 공대의 대장은 평소처럼 탱커와 근접 딜러 헌터 위주로 공대원을 선발했다.

그런 후, 평소처럼 고블린 무리와 조우한 후, 포위 섬멸 방식으로 전투를 벌였다.

그런데 문제는 공대원에 비해 고블린의 수가 압도적으로 많았다는 것.

결국 역으로 포위당한 공대는 고블린에 의해 전멸하고 말았다.

비극을 접한 헌터 협회에서는 부랴부랴 지도 방침을 내놓으며 일반 헌터들을 위험성을 주지시켰지만, 큰 효과를 거두지는 못했다.

경고를 한다 해서 없던 경험이 생기는 건 아니기 때문이다.

결국 한 달 동안 서울 지하철 던전에서 희생자 수가 급격히 증가세를 보이더니, 기어이 던전 폐쇄 결정을 내린 것이었다.

"하아, 이제 어쩐다……."

휴게실로 들어선 재식은 한숨을 푹 내쉬며 의자에 앉았다.

그러고는 헌터 브레슬릿을 조작해 통장의 잔고를 확인했다.

[마지막 입금 ₩ 4,500,000 / 잔액 ₩ 113,850,879]

아버지에게 필요한 해독제를 구입하기에는 턱없이 부족한 액수였다.

재식은 한 달 동안 꾸준히 고블린 퇴치 의뢰를 수행하면 2억은 금방 모을 수 있으리라 생각했다.

하지만 그건 재식의 착각에 불과했다.

최하급 몬스터가 한데 뭉쳐서 돌아다니는 만큼 조우 확률은 더 낮아졌다.

하지만 더 큰 문제는 그보다 강한 포식자와 마주치는 빈도가 증가했다는 점이다.

이런저런 요인들이 발생하며 수익을 거두기가 점점 힘들어지자, 다른 헌터들은 빠르게 사냥터를 옮겼다.

그러나 재식은 그럴 수가 없었다.

서울 지하철 던전이 아닌 다른 사냥터는 재식의 능력으로 할 수 있는 일이 많지 않은 탓이다.

그러나 이제 던전이 폐쇄됐으니, 좋든 싫든 사냥터를 바꿀 수밖에 없었다.

"하아, 젠장……."

재식은 양손으로 얼굴을 감싸며 한숨을 내쉬었다.

의사가 아버지에게 시한부 판정을 내린 지 어느새 한 달이 지났다.

다행히 지금까지는 잘 버티고 있지만, 언제 무슨 일이 일어날지는 알 수 없는 일이었다.

비록 3개월의 시간이 있다고 하지만, 마냥 여유를 부릴 수는 없었다.

게다가 어찌 약을 구한다 쳐도 시기가 너무 늦어지면 완치를 장담할 수 없다는 말도 들었다.

그렇기에 재식은 고민하지 않을 수가 없었다.

'음, 이제 와 사냥터를 옮긴다고 해서 1억이 넘는 돈을 벌 수 있을까?'

턱.

그때, 누군가가 재식의 어깨를 짚었다.

깜짝 놀란 재식은 얼른 고개를 돌려 상대를 확인했다.

"또 보네?"

그건 바로 최충식이었다.

"아, 그러게……."

재식은 일그러지려는 얼굴을 애써 수습했다.

"어머, 전에 만난 충식 씨 친구네? 만나서 반가워요."

최충식의 뒤에서 모습을 드러낸 백장미는 반갑다는 듯 손을 흔들며 인사를 해왔다.

"네, 안녕하세요."

밝게 웃으며 인사를 건네는 모습에 재식은 마지못해 대꾸를 해주었다.

"여기서 뭐 하냐? 지하철 던전은 폐쇄됐다고 들었는데, 무슨 볼일이라도 있어?"

"응. 오늘 아침에 나와서 공고문 보고 알았어. 지금이라도 다른 사냥터로 갈까 생각 중이었다."

"그래? 그럼 우리랑 같이 갈래?"

"뭐? 내가 무슨 도움이 된다고 너희 팀을 따라가겠냐."

재식은 자신의 주제를 잘 알고 있다.

일반 헌터인 자신이 팀 비스트와 함께해 봐야 걸림돌만 될 뿐이었다.

게다가 최충식이 무슨 의도로 이런 제안을 건네는지 알 수 없어서 불안하기도 하고.

"헌터 일을 시작한 지 6개월밖에 안 되었다지만, 그래도 지하철 던전 지리는 잘 알지 않아?"

최충식의 물음에 재식은 잠시 고민에 잠겼다.

그와 엮이는 건 어떻게든 피하고 싶지만, 지하철 던전에 들어간다는 것은 나쁘지 않아 보이는 탓이었다.

그러자 최충식은 보일 듯 말 듯 미소를 머금으며 유혹적인 제안을 던졌다.

"대신 몬스터를 잡으면 너한테 다 줄게. 우리는 임무만 완수할 수 있다면 그걸로 만족하니까."

"……."

"이건 뭐, 하급 몬스터들이 몰려다니는 이유를 알아 오라는데… 우리가 무슨 학자도 아니고……. 아주 지겨워 죽겠다."

최충식은 재식이 쉽게 넘어오지 않자, 하소연을 늘어놓으며 반응을 살폈다.

"어쨌든 보름 넘게 레이드를 못 뛰어서 손해가 막심해. 그러니 친구 좋다는 게 뭐냐? 이럴 때는 서로 도움 좀 주고 그래야지."

재식은 터져 나오는 실소를 참지 못하고 피식 웃고 말았다.

'친구는 무슨 얼어 죽을…….'

"야, 웃지 마. 나 지금 심각하다고. 협회장은 대체 뭐 하고 돌아다니는 거냐고 계속 쪼아대고, 길드장은 길드 이름에 먹칠한다고 까대는 판에 아주 죽을 맛이라니까?"

그동안 허탕 친 일로 울분이 많이 쌓였는지, 최충식은 열변을 토하며 목에 핏대를 세웠다.

재식은 최충식의 뒤로 보이는 다른 팀원들의 표정을 힐끔 살폈다.

민태식은 그 말에 공감한다는 듯 가만히 고개를 끄덕였고, 이지웅은 아무 관심도 없다는 듯 늘어지게 하품을 쩍 해 댔다.

권효원은 어깨를 축 늘어뜨린 채 퀭한 눈으로 이쪽을 바라보고 있었다.

백장미도 이번 일로 스트레스가 심하게 쌓였는지, 던전 안에서 처음 봤을 때보다 피부가 많이 상한 상태였다.

도움이 필요하다는 건 한눈에도 알 수 있었다.

하지만 그렇다 하더라도 냉큼 제의를 받아들이고는 싶지 않았다.

재식은 검지와 중지를 펼쳐 보였다.

"엉? 갑자기 뭐야?"

"그냥 도움을 받는 건 내가 너무 미안하니까, 거래를 하자."

"거래? 뭐, 좋아. 나야 안내만 받을 수 있으면 그만이니까."

"첫 번째, 수익은 인원수대로 나눠. 나 혼자 독식하는 건 너무 신세를 지는 것 같아서 싫으니까."

현재 휴게실에는 재식과 팀 비스트 인원이 전부였다.

굳이 주변 시선을 의식할 필요가 없으니, 오늘은 조금 세게 나가도 상관없었다.

"좋아. 다음은 뭐냐?"

최충식의 표정이 조금 굳어졌지만, 재식은 신경 쓰지 않았다.

"두 번째, 탐사 목적지는 내가 정한다."

"음, 그건 뭔가 알고 있다는 뜻으로 받아들여도 되겠지?"

최충식이 눈을 가늘게 뜨며 바라보자, 재식은 가볍게 고개를 끄덕였다.

지난번 오크들의 사체를 발견한 사당역으로 갈 생각이기 때문이다.

"나는 아무래도 좋아. 너희는 어때?"

최충식은 선뜻 동의를 하며 팀원들을 돌아보았다.

그러자 백장미를 비롯한 네 명은 새삼스러운 눈빛으로 충식을 바라봤다.

"팀원들도 동의한대."

"…알았다. 그럼 함께하지."

재식은 순순히 자리에서 일어났다.

오늘은 꼼짝없이 공쳤다는 생각에 가슴이 답답했는데, 이렇게라도 일당을 벌 수 있다면 다행이었다.

"그럼 팀 비스트 인원으로 함께 등록해야 하니까, 접수처로 가자."

*　　*　　*

팀 비스트의 인원들은 발자국 소리를 줄인다든지, 대열을 갖춰 이동한다든지 하는 일반 헌터들의 상식을 파괴하며 던전 내부를 걸었다.

저벅저벅.

발자국 소리가 꽤 크게 울려 퍼졌지만, 재식은 아무 말도 하지 않았다.

실력에 자신이 있다는데, 할 말이 뭐가 있겠는가.

"여기."

가장 선두에 서서 길을 나아가던 재식이 문득 걸음을 멈추며 한 지점을 가리켰다.

그러자 최충식은 옆으로 다가와 그곳을 살폈다.

흐릿하긴 하지만, 검붉은 핏자국이 남아 있었다.

이곳은 3주 전, 재식과 라이온 공대원들이 미발견 게이트를 찾아 헤매며 지나친 장소였다.

당시 방치한 오크의 시체는 뮤턴트 마우스가 가져갔는지, 흔적도 없이 사라진 뒤였다.

"여기서 너희가 오크 시체를 발견했다는 거야?"

"응. 그리고 이 밑에서 다섯 구의 오크 시체를 추가로 발견했다."

충식과 팀원들은 일제히 손전등을 켰다.

재식은 갑작스런 광원에 홍채가 빠르게 수축되며 통증을 느꼈지만, 눈살을 찌푸리며 눈을 감은 건 그 혼자뿐이었다.

비스트의 팀원들은 신속하게 사방을 훑으며 단서를 찾아 나섰다.

하지만 쓸 만한 것은 재식이 가리킨 핏자국이 유일했다.

"여긴 특별한 게 없는 것 같으니, 다섯 구의 오크 시체가 있던 곳으로 가보자."

최충식의 제안에 나머지 팀원들은 아무런 대꾸도 없었다.

그저 조용히 뒤를 따라 움직일 뿐이었다.

재식은 신기하다는 듯이 바라보다 행렬의 끝에 가서 섰다.

4호선 선로 위로 내려선 비스트 팀원들은 다시 재식의 안내에 따라 움직였다.

재식은 오크 시체를 발견한 장소에 도착해 멈춰 섰다.

이번에도 역시나 오크의 시체는 남아 있지 않았다.

"여기야?"

"그래. 하지만 특별한 건 없네."

다시 한 번 손전등이 빛을 뿜어냈다.

"에이, 빌어먹을 헌터 협회 놈들. 애당초 왜 2호선이라고 알려준 거야?"

최충식은 투덜거리면서 주변을 확인했다.

'라이온 공대의 보고가 허술했나 보네.'

처음 발견한 오크의 시체는 분명 2호선 라인에 있었지만, 그 이후에 발견한 흔적은 분명 4호선이었다.

그런데 무슨 이유에서인지 김이원은 그걸 뭉개서 2호선이라고만 보고한 것 같았다.

"뭐야, 그럼 재식 씨 아니었으면 계속 시간을 허비할 뻔한 거 아냐?"

"그렇지. 안 그래도 그 아저씨 정말 마음에 안 들었는데, 잘됐네. 장미야, 네가 할래, 아니면 내가 할까?"

"글쎄, 한바탕 퍼붓고 싶기는 한데… 아니다. 내 입장상그러기는 힘드니까, 자기가 해줘. 나는 구경만 할게."

"오케이. 그럼 내가 제대로 뒤집어엎어 줄게."

백장미가 배시시 웃자, 최충식이 사악한 미소를 지어 보였다.

그 모습에 재식은 고개를 절레절레 저었다.

헌터 협회의 잘못된 정보로 팀 비스트는 보름 넘게 지하철 던전을 헤맸다.

그걸 최충식이 알아버렸다는 건 공포 영화보다 더 무시무시한 일이었다.

그는 절대 이번 일을 잊지 않을 것이다.

언제가 될지는 모르겠지만, 헌터 협회에 한바탕 난리가 불어닥칠 건 분명했다.

재식은 헌터 협회 남부 지부장이 누구인지는 모르지만, 속으로 명복을 빌어주었다.

잠시 주변을 수색하던 비스트 팀원들이 이내 보고를 해왔다.

"이 근방에는 아무것도 보이지 않습니다."

"저도 딱히 발견한 게 없어요."

민태식과 권효원이 각자 수색 결과를 보고했다.

"나도."

이지웅은 살짝 손을 들어 올리며 짧게 말했다.

최충식은 아무 말도 없는 백장미에게 고개를 돌렸다.

그러자 그녀는 가만히 고개를 저었다.

"그럼 이동해야지. 재식아, 어느 쪽으로 가는 게 좋겠냐?"

"당시에 우리가 파악한 놈의 진로는 이쪽이었어."

재식은 지금까지 걸어온 선로의 정면을 가리켰다.

"그럼 그쪽으로 가야지."

재식과 팀 비스트는 선로를 따라 나아갔다.

손전등으로 곳곳을 비추며 전진하는데, 백장미가 갑자기 걸음을 멈췄다.

"응? 이건 뭐야? 굴인가?"

재식은 백장미가 비추는 방향을 살폈다.

평균적인 신장을 가진 성인이라면 허리와 다리를 굽히고 간신히 들어갈 수 있을 만한 구멍이었다.

"그건 고블린이 이용하는 통로입니다."

"어머, 진짜?"

원래 지하철 노선은 한 방향으로 쭉 이어진 통로에 불과하지만, 대격변 이후 이곳에 터를 잡은 몬스터에 의해 복잡한 던전으로 바뀌었다.

안 그래도 거미줄처럼 복잡하게 연결된 서울의 지하철 노선이지만, 몬스터들이 은신처나 거주지를 만들면서 더욱 복잡하게 탈바꿈한 것이다.

선로 곳곳에 뚫린 통로로 자칫 잘못 발을 들여놓으면, 길을 잃고 미아가 될 수도 있었다.

운 좋게 빠져나올 수도 있겠지만, 몬스터와 마주쳐 놈들의 먹이로 전락할 가능성이 더 높았다.

"헤에, 그럼 이 길로 가면 고블린 부락이라도 나오나?"

백장미는 구멍 앞으로 다가가더니, 그 안을 손전등으로 비췄다.

재식은 그 무지한 행동에 입을 쩍 벌렸지만, 다른 팀원들은 그러거나 말거나 신경조차 쓰지 않았다.

그때, 최충식이 가까이 다가와 귓속말을 속삭였다.

"얼른 대답해 줘라. 안 그러면 귀찮아진다."

최충식의 말이 끝나기 무섭게 백장미는 고개를 홱 돌려 재식을 바라봤다.

"아, 저는 잘 모르겠습니다. 아마 다른 헌터들도 마찬가지일 테고요. 위험하면 피한다는 게 일반 헌터들의 사고방식이거든요."

"흐응~ 시시하네."

백장미는 다시 한 번 구멍 안을 바라보더니, 이내 흥미를 잃은 듯 일행들의 곁으로 돌아왔다.

"대장, 여기 이상한 게 있습니다."

총신대입구역 근방에 도착했을 때, 민태식이 무언가를 발견하고 보고를 해왔다.

"뭔데?"

조금 앞서 걷던 최충식은 민태식이 비추는 곳을 살폈다.

재식도 호기심에 바라보니, 그곳에는 반투명한 점액질이 끈적끈적하게 달라붙어 있었다.

"저게 뭐냐? 본 적 있어?"

"글쎄, 나도 잘 모르겠는데?"

"음, 굳이 올라가서 살펴보는 건 귀찮은데……."

지하철 던전이 주 사냥터인 재식이 모른다는 건 수상한 것일 게 분명했다.

"대장, 여기 바닥에 떨어진 것도 있어."

최충식이 늑대로 변신해서 점프를 해야 하나 망설이고 있을 때, 이지웅이 고민을 해소시켜 주었다.

"그래?"

최충식은 반색하며 이지웅이 말한 곳으로 다가갔다.

재식도 얼른 충식의 뒤로 따라붙었다.

"젤리인가? 설마 누가 먹다 흘린 건 아니겠지?"

"에이, 어떻게 봐도 젤리는 아니지. 나는 푸딩처럼 보이는데?"

권효원의 의견에 백장미가 태클을 걸었다.

최충식은 팀원들의 시답잖은 농담에 끼지 않고 점액질을 꼼꼼히 살폈다.

하지만 아무리 이리저리 뜯어봐도 수상한 물질의 정체를 알아낼 수는 없었다.

"흐음, 일단 이거 챙겨."

최충식은 지금 뭐라도 성과가 필요한 상황이었다.

언제까지 꿉꿉한 지하철 던전 내부를 돌아다니는 건 사양하고 싶었다.

"엉? 이걸 챙기라고? 어디에? 어떻게?"

미지의 물질을 챙기라는 말에 이지웅이 당황한 듯 대꾸했다.

"병이라든가, 뭐 없어?"

"물병은 있지."

"그럼 거기에라도 담아."

"어… 병이 녹는다거나 하지는 않겠지?"

"야, 넌 몬스터는 잘만 상대하면서 그 조그만 점액질에 쩔쩔매는 거야?"

이지웅은 최충식에 구박에 어쩔 수 없다는 듯 조심스럽게 점액질 앞에 무릎을 꿇고 앉았다.

그러고는 물병을 꺼내 반쯤 남은 물을 바닥에 버리고, 조심스럽게 점액질을 병 안에 밀어 넣었다.

*　　　　*　　　　*

던전을 나온 재식을 붉게 물든 노을이 반겼다.

재식은 긴장을 풀기 위해 기지개를 쭉 켰다.

"어서 가서 보고한 후에 좀 쉬자."

최충식은 재식이 던전을 나온 것을 확인한 뒤, 바로 걸음을 옮겼다.

그대로 조사가 끝났다면 이렇게까지 힘들지는 않았을 것이다.

하지만 재식과 팀 비스트는 출구로 향하는 도중에 한 떼의 고블린 무리와 조우하고 말았다.

고블린은 수는 40마리.

고블린들은 재식과 팀 비스트를 순식간에 포위했다.

하지만 비스트의 팀원들은 전혀 당황하지 않았다.

마치 껍질을 벗듯 가볍게 반인반수 형태로 변신하더니, 주저 없이 고블린들에게 쇄도했다.

고블린들은 제대로 된 반항도 못한 채 허망하게 쓰러져 갔다.

물론 재식은 몰려드는 고블린을 상대하느라 진땀을 흘려야 했지만.

사방에서 날아드는 칼날을 피하기 위해 바닥을 구르고, 이리저리 몸을 날려야만 했다.

물론 꼴사납게 도망만 친 건 아니다.

확실한 기회가 보이면, 간간이 반격을 해 고블린의 숨통을 끊어놓았다.

그러면서도 팀 비스트의 동선과 겹치지 않도록 온 신경을 집중했다.

비스트의 팀원들에게 방해가 되는 것도 문제지만, 괜히 그들의 공격 범위 안으로 들어갔다가 허망하게 죽을 수도 있었다.

그렇게 최선을 다해 발버둥을 치다 보니 어느새 전투는 끝나 있었다.

그 결과, 30개의 최하급 마정석을 얻을 수 있었다.

평소라면 고블린의 귀도 챙겼겠지만, 안타깝게도 던전이 폐쇄되며 고블린 퇴치 의뢰가 사라졌기에 의미가 없었다.

그래도 세금을 내고 인원수대로 나누면 400만 원 정도가 떨어질 것이다.

하루 공치는 줄 알고 걱정했는데, 참 다행이 아닐 수 없었다.

우여곡절 끝에 지하철 던전을 빠져나온 일행은 곧 남부 지부에 도착했다.

"우리는 지부장 좀 만나고 올 테니까, 정산은 네가 알아서 해주라."

"그래. 그럼 휴게실에서 기다리고 있을게."

재식은 팀 비스트와 헤어져 접수처로 향했다.

마정석을 매매하고 세금을 뗀 액수를 확인해 보니, 무려 3,000만 원이나 되었다.

재식은 개중에 질이 좋은 마정석이 대여섯 개쯤 섞인 탓이라 여겼다.

100만 원짜리 수표로 여섯 개의 봉투를 채운 재식은 곧장 휴게실로 향했다.

휴게실은 던전 폐쇄의 여파 때문인지 이용하는 사람이 없어서 불도 모두 꺼져 있었다.

재식은 불을 켜고 입구 바로 옆의 의자에 엉덩이를 얹었다.

그런데 한참을 기다려도 팀 비스트의 인원들은 나타나지

앉았다.

재식은 휴게실에 걸린 시계를 확인하며 하품을 쩍쩍 해 댔다.

약 30분 정도가 지났을 때, 마침내 엘리베이터 문이 열리며 비스트의 팀원들이 모습을 드러냈다.

'음, 뭐가 제대로 안 풀린 듯한 표정이네.'

붉으락푸르락하는 최충식의 안색을 확인한 재식은 속으로 혀를 찼다.

"에이, 그 인간… 정말 맘에 안 든다니까!"

최충식은 씩씩거리며 휴게실로 들어와 재식의 맞은편에 털썩 주저앉았다.

재식은 괜히 이야기가 길어질까 봐 얼른 봉투 다섯 개를 꺼내 앞으로 내밀었다.

"이거, 수익 배분이다. 마정석 판매해서 세금 떼니까 3,000만 원 나왔고, 500만 원씩 넣었다."

"됐어. 그냥 너 다 가져."

최충식은 관심없다는 듯 봉투를 재식에게 돌려주었다.

"우리는 거래한 거야. 기억 안 나?"

"알지. 그런데 네가 우리 좀 더 도와줘야겠다."

재식은 고개를 갸웃거렸다.

"어떻게 된 상황인지 알 수 있을까?"

최충식은 방금 전 일을 다시 떠올리자 열이 뻗치는지, 관

자놀이를 꾹꾹 눌러 댔다.

그러더니 김태식을 불러 말했다.

"야, 네가 대신 설명 좀 해줘."

김태식은 지부장을 만나 나눈 대화를 간략하게 설명해 주었다.

하지만 재식이 이해한 건 조금 더 간단했다.

"그러니까 뭔가 이상한 걸 찾은 건 좋은데, 검사 결과가 나올 때까지 계속 던전 내부를 탐사하라는 건가?"

"그래, 바로 그거야! 아니, 이게 말이 되는 소리냐? 우리가 지금 며칠을 쉬지도 않고 돌아다녔는지는 알기나 하는 거야?"

최충식은 버럭 소리치며 자리를 박차고 일어났다.

그러자 의자가 바닥을 나뒹굴며 시끄러운 소음을 만들었다.

"그동안 레이드를 뛰어도 세 번은 뛰었을 거라고! 지가 헌터 협회 지부장이면 다야?"

"그래서 내 도움이 필요하다는 거야?"

"어. 내가 더러워서라도 원인을 발견해서 제거하고 말 거다."

"뭐, 나한테 나쁜 제안은 아니네. 그래도……."

재식은 자신의 앞에 놓인 다섯 개의 봉투를 다시 최충식 쪽으로 밀었다.

"이건 내가 받을 게 아니지."

최충식은 가만히 재식의 눈을 마주봤다.

그러더니 이내 고개를 끄덕이며 봉투를 챙겼다.

"좋아. 그래도 혹시 필요하면 말해. 언제든 줄 수 있어."

"그럴 일은 없을 거다. 그럼 내일도 같은 시간에 여기서 만나는 건가?"

"그렇게 하자고."

재식은 고개를 끄덕이며 자리에서 일어섰다.

"그럼 난 먼저 들어가 볼게. 내일 다시 보자."

휴게실을 나선 재식은 발걸음을 재촉해 협회를 나섰다.

비스트의 팀원들은 협회를 나서는 재식의 등을 멀거니 바라봤다.

"대장."

"왜?"

"저 친구, 나름 쓸 만하던데?"

민태식은 재미있는 장난감을 발견한 것처럼 눈을 반짝였다.

"그래?"

최충식이 반문하자, 김효원이 입을 열었다.

"뭐, 일반 헌터라 별로 강하지는 않지만, 그래도 자기 주제를 확실하게 알더라고."

"고블린 무리랑 붙었을 때 못 봤어? 우리랑 동선이 겹치지 않게 겉으로 돌면서 싸우는 게 전투 센스도 좀 뛰어나 보이던데?"

이지웅도 김효원의 말에 고개를 끄덕이며 자신의 의견을 덧붙였다.

"으음, 뭐, 저 정도면 우리 길드로 영입해도 아빠가 뭐라고 하지 않을 것 같네."

백장미까지 긍정의 의사를 밝혔다.

사실 그녀는 지하철 던전 내부를 돌아다닐 때만 해도 재식에 대해 관심이 전혀 없었다.

하지만 고블린과 조우했을 때, 백장미는 재식에게서 일말의 가능성을 발견했다.

백장미가 지금까지 봐온 사람들 중에 그런 움직임을 보인건 전투 센스를 타고난 이들뿐이다.

특히, 유전자 시술로 중급 헌터가 된 이들이라도 전투 센스가 부족하면 다른 파티원과 제대로 손발을 맞추지 못해 당황하는 경우가 많았다.

하지만 재식은 실력 차가 많이 나는 상태에서도 자신들의 움직임에 맞춰 위치를 선정했다.

그건 웬만한 전투 센스를 가지고 있지 않으면 불가능한 일이었다.

"나는 잘 모르겠던데……."

팀원들의 칭찬 일색인 소감에 최충식은 심기가 불편해졌다.

　다른 사람도 아니고, 백장미의 입에서 재식을 칭찬하는 말이 나왔기 때문이다.

　특히, 길드장인 백강현도 딱히 반대하지 않을 정도라는 말은 충격적이었다.

　백강현이란 인물은 길드원을 받는 데 있어 굉장히 깐깐한 인물이다.

　고블린도 겨우 상대하는 일반 헌터를 추천했는데 백강현이 아무 소리를 하지 않는다는 건 정말 대단한 칭찬이었다.

　최충식은 안 그래도 화가 잔뜩 난 상태에서 짜증까지 더해지자 머리가 어질어질했다.

　다른 멤버들은 모르지만, 백강현은 최충식을 처음 만났을 때부터 썩 마음에 들어 하지 않았다.

　성신제약 상무이사의 아들이라 만나주는 거라던 백강현의 말은 아직도 최충식의 뇌리 속에 똑똑히 박혀 있었다.

　"뭐, 다들 그렇게 생각한다면 두고 보자고."

　최충식은 혹시나 자신의 속마음을 들킬까 싶어 아무렇지 않은 듯 말을 이었다.

　"뭐야, 내가 자기 친구 좀 칭찬했다고 질투하는 거야?"

　백장미는 갑자기 분위기가 변한 최충식의 옆구리를 쿡 찌르며 놀리듯 말을 꺼냈다.

"그런 거 아니야. 피곤하니까 얼른 돌아가자."

말을 마친 최충식은 그대로 휴게실을 나섰다.

백장미는 그 모습에 분명 뭔가 신경에 거슬리는 게 있다고 여겼다.

'재미있겠네.'

백장미의 입가에 비릿한 미소가 맺혔다.

"흐음, 나쁘지 않겠는데……."

"응? 뭐가 나쁘지 않다는 거야?"

백장미의 혼잣말에 이지웅이 이해할 수 없다는 듯이 물었다.

"아무것도 아니야. 우리도 얼른 가자. 얼른 씻고 쉬고 싶어."

백장미는 고개를 절레절레 흔들더니, 충식의 뒤를 쫓아 휴게실을 벗어났다.

"야, 그러지 말고 나도 좀 알려주라."

백장미의 태도에 궁금증이 치솟은 이지웅은 허겁지겁 뒤를 쫓아갔다.

"에휴, 또 무슨 사고를 치려는 건지……."

뒤에 남은 민태식은 골치가 아프다는 듯 인상을 찌푸렸다.

"글쎄요. 저는 그냥 사고 정도일지, 대형 사고일지가 걱정이네요."

답을 바라고 꺼낸 말은 아닌데, 김효원이 마찬가지라는 듯 맞장구를 쳤다.

"됐다. 고민해 봐야 골치만 아프지."

〈『헌터 레볼루션』 2권으로 계속…〉